现代汉诗 **110** 首

蔡天新 主编

生活・讀書・新知 三联书店

Copyright ©2017 by SDX Joint Publishing Company.
All Rights Reserved
本作品版权由生活·读书·新知三联书店所有。
未经许可，不得翻印。

图书在版编目（CIP）数据

现代汉诗110首 / 蔡天新主编. -- 北京：生活·读书·新知三联书店，2017.10

ISBN 978-7-108-05963-5

Ⅰ.①现… Ⅱ.①蔡… Ⅲ.①诗集—中国—现代 Ⅳ.①I226

中国版本图书馆CIP数据核字(2017)第104317号

责任编辑	刘蓉林	
装帧设计	鲁明静	
责任印刷	宋　家	
出版发行	生活·讀書·新知 三联书店	
	(北京市东城区美术馆东街22号)	
邮　编	100010	
经　销	新华书店	
印　刷	北京市松源印刷有限公司	
版　次	2017年10月北京第1版	
	2017年10月北京第1次印刷	
开　本	787毫米×1092毫米　1/32	印张 12.625
字　数	160千字	
印　数	0,001-8,000册	
定　价	48.00元	

旧版前言

在人类所有的发明中,诗歌和数学大概算是最古老的了。可以说自从有了人类的历史,就有了这两样。如果说牧羊人计算绵羊的只数产生了数学,那么诗歌则起源于祈求丰收的祷告,由此看来,它们均源于生存的需要。作为一种特殊的运用语言的方式,诗歌总是给人以一种独到的视觉和听觉效果。在历史上,诗歌曾经达到和取得的辉煌是后来的其他艺术形式难以企及的。可是,随着现代生活节奏的日渐加快,人类欣赏这类画面或音乐的机会越来越少,内心的宁静和喜悦也越来越罕见。

美国诗人罗伯特·弗罗斯特曾经指出:"诗歌是散文言所未尽之处。人有所怀疑,就用语言去解释,用散文解释以后,尚需进一步解释的,则要由诗歌来完成。"这里的散文当然包括小说。可是,在今日社会,人们已经够忙碌了,他们阅读小说主要是为了阅读故事,正如他们看电影听歌曲主要是为了自娱自乐。那还需要诗歌吗?答案是肯定的,因为越是疲惫的心灵,越需要得到某种特别的安慰。问题是,他们读到的作品是否能起到排忧解惑甚或指点迷津的作用。这就要求诗人有深刻的洞察力,为了理解一首诗的洞察力,免不了需要一番解读。

设想一下,假如没有历代学者的倾力研究和注释,唐诗宋词能否被那么多人理解和喜爱呢?这无疑会成为一个问题,也正是我们编选和注释这套读物的出发点。我们对诗歌始终保持乐观态度的一个原因是,每一代人中间都有千千万万颗心怀有各式各样绚丽多姿的梦想,并努力把每一个梦想付诸实施,这些人可谓生命中的舞蹈者。他们或许一生默默无闻,永远不为人所知,可是,也正是由于他们对梦想的不懈追求和努力,才使得这个世界变得可爱,精彩纷呈,适宜居住。

古往今来,无论是写作还是阅读的一个目的就是为了获取自由。虽然这种自由主要体现在心灵方面,可是对行动也有一定的指导意义。没有什么能比真正的自由更重要的了,而自由的获得比我们通常想象的要艰难许多。德国批评者冯·沃格特指出:"我们被错误地灌输了一种看法,即把摆脱旧的暴政看作自由的本质,实际上那只是自由的属性,自由只能从一些自我规定的新规则中才能获得和被建立。"我相信,诗歌的写作和阅读也是为了确立这样一种规则。

对现代诗歌来说,每一位选家都有不同的注释法。这本读物的两个特点显而易见,一是对"五四"以降的中国新诗歌依时间进行注释性的遴选,二是由不同的诗人来挑选并评注自己喜爱的诗歌。后一点无须赘述,我们在外国诗的蓝卷和红卷里已经这么做了。前一条则需要做些解释:

首先,选择什么样的评注人,就决定了什么样的诗人和诗歌入选;其次,对写诗的人来说,可能九成以上的诗人是他们耳熟能详的,但对普通读者来说,大概三分之二甚或更多的诗人让他们感到陌生。原因在于,在商业或技术社会的今天,诗歌离开大众越来越远了。而假如有一天诗歌突然引起媒体的强烈关注,那多半会是以某种怪异的方式,这也是我们编选本书的动力之一:以正视听。

还是回到更本质的问题,一首好诗究竟应该是什么样的呢?我们认为,这是一种迷人的、从未完全把握而需要永远追求的东西。法国诗人兼演员安东尼·阿尔托说过:"好诗是一种坚硬的、纯净发光的东西。"保尔·瓦雷里说:"一种魔力或一块水晶的某种自然的东西被粉碎或劈开了。"英国诗人约翰·济慈阐述得较为具体:"诗歌应该使读者感受到,它所表达出来的理想,似乎就是他曾有过的想法的重现。"而俄国诗人奥西普·曼杰施塔姆对诗歌的定义更为简洁:"黄金在天空舞蹈。"至于这本书里的诗歌是否成色十足,只能由读者和时间来甄别了。

蔡天新

2006年10月,杭州

前 言

一个世纪前，即1917年2月，由（浙大校友）陈独秀创刊并主编的《新青年》二卷六号（一卷叫《青年杂志》）刊出了胡适的八首白话诗，这是中国新诗运动中出现的第一批白话诗，因此可以被认为是新诗的诞生，虽说胡适的第一本诗集《尝试集》要到1920年才正式出版。故而，此次修订也是对百年新诗的一个纪念（倘若考虑到1917年1月出版的《新青年》二卷五号刊登了胡适的《文学改良刍议》，那么也是对文学革命的百年纪念）。

整整十年前，即新诗诞生九十周年之际，我们编选了《现代汉诗100首》。一晃一个年代已经过去，有八位入选诗人不幸辞世，依照出生年份依次是林庚、纪弦、蔡其矫、袁可嘉、牛汉、商禽、梁秉钧和张枣。最长寿的是纪弦，他活到了一百周岁，林庚享年九十六岁，另外三位诗人分别活到了八十七、八十九和九十周岁，唯有梁秉钧和张枣早逝，他们分别在六十四岁和四十八岁时离开了我们。

这次修订，我们增加了十位当代诗人，变成了《现代汉诗110首》。比起《现代诗110首》（蓝、红）来，难度仍然要大许多，原因不言自明。我们只能说，这是十多位评注人和本人的一个选择。遗珠之处在所难免，希望这次不用等到十年以后再来弥补。

　　作家王蒙认为，诗歌和数学都是人类精神的高峰。而就本人的写作和研究经验来说，它们也是人类最自由的两项智力活动。一方面，诗歌与数学一样，都只需要一支笔和一张纸，便可以展开想象和写作；另一方面，许多伟大的诗歌与数学理论一样，通常是由一个或几个假设推导出来的。

　　例如，欧几里得几何便是建立在五个假设（公设）之上，而诗歌写作也是一样。但丁的《神曲》如此，李白的《将进酒》也是如此，后者开头第一句为："君不见黄河之水天上来，奔流到海不复回。"虽然我们知道，黄河和长江一样均源自青海大地，但并不妨碍我们都认为这是一首好诗，且前后在逻辑上通畅一致。

蔡天新

2017年2月

目 录

旧版前言　*3*

前言　*6*

旧版后记　*396*

后记　*398*

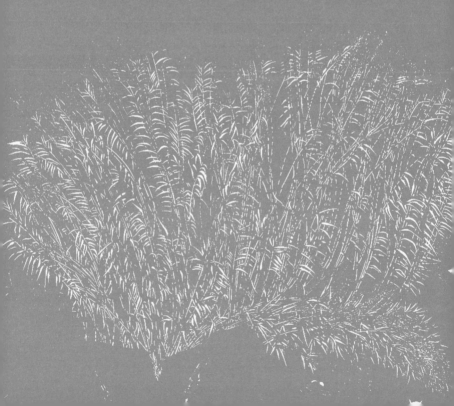

三弦
沈尹默
19

一念
胡适
22

笔立山头展望
郭沫若
25

为要寻一颗明星
徐志摩
28

口供
闻一多
31

夜之歌
李金发
34

纸船——寄母亲
冰心
40

寄之琳
废名
43

晚祷（其二）——呈敏慧
梁宗岱
46

孤独
冯雪峰
49

一个省城
朱湘
52

灵感
林徽因
56

秋
戴望舒
60

我们准备着
冯至
63

距离的组织
卞之琳
66

我爱这土地
艾青
69

沪之雨夜
林庚
72

季候病
何其芳
75

萧萧之歌
纪弦
78

夜客
陈敬容
82

春
穆旦
85

追物价的人
杜运燮
89

双桅船
蔡其矫
92

金黄的稻束
郑敏
95

走近你
袁可嘉
98

我遥望
曾卓
101

半棵树
牛汉
104

无题
灰娃
108

长颈鹿
商禽
111

上校
痖弦
113

错误
郑愁予
116

明月情绪
昌耀
119

相信未来
食指
123

宣告
北岛
127

池
梁秉钧
130

阳光中的向日葵
芒克
133

阿姆斯特丹的河流
多多
136

多年以前的石头
文乾义
139

镜中的石头
周伦佑
142

我的记忆是四方形
零雨
146

我和太阳之间隔着一个你
严力
149

在漫长的旅途中
于坚
152

战争交响曲
陈黎
155

森林中的暴力
杨炼
159

我得到了所有的钥匙
王小妮
162

独白
翟永明
166

丧歌
顾城
170

在清朝
柏桦
172

落日
欧阳江河
177

1965年
张曙光
180

与槐树无关
孙文波
184

手上的灯盏
潞潞
187

腹语术
夏宇
190

帕斯捷尔纳克
王家新
193

这是个问题
余刚
198

四月的下午
朱永良
201

伸向大海的栈桥
宋琳
204

当我在晚秋时节归来
黑大春
207

裙子
吕德安
211

每天下午五点的墓园
萧开愚
214

敞开与关闭的门
李笠
217

温柔的部分
韩东
221

连朝霞也是陈腐的
孟浪
224

今生
陈克华
229

时代广场
陈东东
231

海底被囚的魔王
张枣
235

出梅入夏
陆忆敏
238

英国人
王寅
242

我和我的鬼
张真
245

美德其所
森子
248

夕光中的蝙蝠
西川
251

飞行
蔡天新
256

我已从悲伤中逃脱
郑单衣
260

苏东坡和他的朋友们
李亚伟
264

玻璃
梁晓明
269

离题的情歌
杨小滨
272

最后一夜和第一日的献诗
海子
276

新诗的百年孤独
臧棣
280

凯旋
默默
285

关于人的常识
叶辉
288

追随兰波直到阴郁的天边
潘维
291

我必须通过
阿芒
294

咖啡馆
小海
298

机关枪新娘
唐丹鸿
301

日子
树才
304

一切的理由
蓝蓝
308

卜天河的黄昏
雷平阳
311

道理都写在脸上
朱文
316

青年十诫
戈麦
319

海岬的缆车
桑克
321

登东岩坞
西渡
324

暮晚
杨键
328

最后一班地铁
林木
331

丹青见
陈先发
334

长椅上的俩女生
周瓒
338

无限
杜涯
342

小镇的萨克斯
朱朱
346

圣洁的一面
宇向
349

爱的坦白（或民主作风）
姜涛
352

关于酒器
田晓菲
356

我生来就是大嗓门
凌越
359

海的形状
蒋浩
363

乡村教师
马骅
367

避
韩博
370

妈妈
尹丽川
373

广陵散
泉子
377

太太留客
胡续冬
380

我曾经爱过的螃蟹
王敖
384

隐者不遇
唐不遇
389

雪堆上的乌鸦
茱萸
393

三　弦

沈尹默

中午时候，火一样的太阳，没法去遮拦，
让他直晒着长街上。
静悄悄少人行路，只有悠悠风来，吹动路旁杨树。[1]

谁家破大门里，半院子绿茸茸细草，
都浮着闪闪的金光。
旁边有一段低低土墙，挡住了个弹三弦的人，
却不能隔断那三弦鼓荡的声浪。[2]

门外坐着一个穿破衣裳的老年人，双手抱着头，
他不声不响。[3]

1918年

---

1. 窒息沉闷的街景，唯有风来摇动这窒息。后文的三弦也似风来的地方。

2. 强烈的画面感。破大门，半院子草，土墙挡住的弹三弦的人。但琴声越墙而过。

3. 雕塑般的沉沉一笔。诗句戛然而止，似琴弦砑然而断，而悲哀的余音袅袅不绝。

旁白:

一、这是沈尹默最著名的一首诗。作者寥寥数语便描述出空无一人的街道和炎热夏天午间的沉闷。

二、镜头随着被风吹动的杨树,渐渐摇向街道旁不知道主人是谁的一家破大门。大门虽破,却泄露出半园子耀眼的绿意。

三、摇动的镜头被一堵低低的土墙挡住——至此,题目虽是三弦,但弹三弦的人始终没有露面,人能听到的仅仅是土墙那边飘过来的三弦声。一个穿破衣裳的老人突然被看见,抱着头不声不响地坐在一首诗的结尾。我们恍然:那凄凉的三弦弹得也就是这孤苦老人的一生罢了,世界却如此空荡寂寥,再没有什么人听到了。

沈尹默

(1883—1971),原名君默,祖籍浙江吴兴,出生于陕西兴安。早年两度游学日本,归国后先后执教于北京大学、北京女子师范大学,曾为支持学生运动而辞职。"五四"时参与编辑《新青年》,是中国新诗最早的实践者之一,著有《秋明室杂诗》《雅书丛话》等。亦是名重一时的书法家,民国初年有"南沈北于(右任)"之称,蒋介石之母王夫人的墓志铭便出自其手,"文革"期间诗文手稿和墨迹被洗劫一空。其诗歌清隽秀朗,境界深远,与其书法作品在风格上颇为相通。

(蓝蓝 注)

一 念[1]

胡 适

我笑你绕太阳的地球,

一日夜只打得一个回旋;

我笑你绕地球的月亮,

总不会永远团圆;

我笑你千千万万大大小小的星球,

总跳不出自己的轨道线;

我笑你一秒钟行五十万里的无线电,

总比不上我区区的心头一念![2]

我这心头一念

才从竹竿巷,

忽到竹竿尖;

忽在赫贞江上,忽在凯约湖边;[3]

---

1. 本诗原载《新青年》1918年第1期。诗后记曰:"今年在北京,住在竹竿巷,有一天忽然由竹竿巷想到竹竿尖。竹竿尖乃是吾家村后的一座最高的山的名字。因此便做了这首诗。"

2. 笑"地球""月亮""星球"和"无线电",诗人需要何等气魄,只因他忽然间一念,思接千里,神游万方。诗的前六行起势非凡,但只为下文的"一念"做铺垫。

3. "竹竿巷"和"竹竿尖"是两个地名,却因其名称的近似,在诗人的思绪中获得了联想的依据。"赫贞江"(指流经纽约的哈德逊河)与"凯约湖"(指的是纽

我若真个害刻骨的相思，[4]

便一分钟绕遍地球三千万转！

1917年9月

| 旁白：

一、《一念》虽然并非胡适这位第一个鼓吹新诗、尝试新诗写作的诗人最早的新诗作品（他的新诗创作始于此前一年），但却呈现出初期写作中较难得的自由、奔放的诗情和对语言的开放态度。

二、胡适早年为新诗写作设计的方案之一是"作诗如作文"，用"更近于说话"的白话文写诗。《一念》明确而完美地体现了这个主张。

三、根据注1提及的"诗后记"，此诗源于由一个词"竹竿巷"偶然引发的联想，形近的词，联系着作者记忆中熟悉的地点，这样从一个词梦想另一个词，人在斗室，思绪在千里之外。落笔时，以一个完成了的思绪组织起词和词之间的关联，因而整首诗的诗情便完整而统一。

约州康奈尔大学附近的（Cayuga Lake）是胡适在美国读书时熟悉的两处景点，也是他早年策动新文学，包括新诗运动时，经常激发他灵感的两个地方。

4. "害刻骨的相思"，似表明此诗在主题上为一首爱情诗。有好八卦者或许可以根据胡适当年的故事按图索骥，猜测一番。十四岁时，家里已经给他包办，与年长一岁的江冬秀订婚；留美时与美国姑娘韦莲司萌生爱恋；1917年4月间，又与留美才女陈衡哲相遇并一见如故，遂有热烈的诗书往来。1917年6月胡适回国，8月受聘北大，12月回乡与江冬秀完婚。《一念》写于9月间的北京，综上所述，实难考证胡适"刻骨的相思"所寄何人。

四、废名在《谈新诗》里曾根据胡适的早期新诗写作概括出一个说法:旧诗的形式是诗的,内容是散文的;新诗的内容是诗的,形式是散文的。所谓"散文的形式",是指新诗从体式上应为"自由诗",不受韵律约束;而所谓"诗的内容",是说新诗必然因一种情绪的触动而起。因此,新诗的内容必须饱满,品读《一念》,列位看官能否领会一二?

胡 适

(1891—1962),字适之。祖籍安徽绩溪,出生于上海,幼时曾随母赴台湾探父并居留两年。1910年赴美留学,师从哲学家杜威。1915年与友人探讨"文学革命"话题,翌年尝试用白话文写诗,并在《新青年》上撰文倡导新文学。1917年获哥伦比亚大学哲学博士学位,同年回国。1920年3月出版新文学史上第一部诗集《尝试集》。为新文化运动极具影响力的人物。曾任北京大学校长、国民政府驻美大使、台湾"中央研究院"院长等职。胡适在文、史、哲诸方面均有杰出成就,晚年潜心于《水经注》的考证。

(周瓒 注)

笔立山头展望[1]

郭沫若

大都会的脉搏呀!

生的鼓动呀!

打着在,吹着在,叫着在,……

喷着在,飞着在,跳着在,……

四面的天郊烟雾朦胧了!

哦哦,山岳的波涛,瓦屋的波涛,

涌着在,涌着在,涌着在,涌着在呀!

万籁共鸣的 Symphony[2]

自然与人生的婚礼呀!

弯弯的海岸好像 Cupid 的弓弩呀![3]

人的生命便是箭,正在海上放射呀!

黑沉沉的海湾,停泊着的轮船,进行着的轮船,

数不尽的轮船

---

1. 笔立山在日本门司市西。登山一望,海陆船廛,了如指掌。——作者原注

2. Symphony,交响乐。

3. Cupid,即丘比特,古罗马神话中手持弓箭的小爱神。

一枝枝的烟筒都开着了朵黑色的牡丹呀![4]

哦哦,二十世纪的名花!

近代文明的严母呀!

1920年6月

| 旁白:

一、该诗在今天读来也让人有些惊异:它那在中国诗中从未出现过的语言节奏、气势和想象力,它那"发了狂似的"创造,不仅显示了年轻时代郭沫若的才气,也像一声号角,拉开了中国新诗的序幕。

二、在这首诗中,诗人是把现代工业文明作为"生的鼓动",作为新时代的曙光进行热情礼赞的("一枝枝的烟筒都开着了朵黑色的牡丹呀")。但在今天,诗人们还有可能这样来赞美冒着滚滚浓烟的烟囱吗?

郭沫若

(1892—1978),四川乐山人,自幼熟读诗书,1913年底赴日本学医,1920年前后开始了诗的爆发期,1921年与

---

4. 这是诗人早期诗作中最引人注意的意象之一。

成仿吾、郁达夫等人在日本成立创造社。虽然胡适等人已先行开始了白话新诗的尝试,但正如闻一多所说:"若论新诗,郭沫若的诗才配是新诗呢,不独艺术上他的作品与旧诗词相去甚远,最要紧的是他的精神完全是时代的精神。"遗憾的是,虽然《女神》之后仍有多部诗集及大量戏剧、小说、散文、论著问世,但他后来的诗歌已失去创造的活力和诗的特质,如诗人自己所说,只是"潮退后的一些微波,或甚至是死寂"。

(王家新 注)

为要寻一颗明星[1]

徐志摩

我骑着一匹拐腿的瞎马,

向着黑夜里加鞭;——

向着黑夜里加鞭,

我跨着一匹拐腿的瞎马!

我冲入这黑绵绵的昏夜,

为要寻一颗明星;——

为要寻一颗明星,

我冲入这黑茫茫的荒野。

累坏了,累坏了我胯下的牲口,

那明星还不出现;——

那明星还不出现,

累坏了,累坏了马鞍上的身手。

---

1. 参见诗人 1922 年离婚后给梁启超的信:"我将于茫茫人海中访我唯一灵魂之伴侣。得之,我幸;不得,我命,如此而已。""我尝奋我灵魂之精髓,以凝成一理想之明珠,涵之以热满之心血,朗照我之深奥之灵府。"

这回天上透出了水晶似的光明,[2]

荒野里倒着一只牲口,

黑夜里躺着一具尸首。——[3]

这回天上透出了水晶似的光明!

1925 年

> 旁白:
>
> 一、这首诗有一种至深的、超出了一切言语的悲哀。而这种理想受挫的至深创痛和悲哀不仅是诗人个人的,也折射出"五四"以来中国现代知识分子的悲剧性命运。这使我们看到了诗人"浪漫多情"背后最严肃、隐秘的东西。
>
> 二、耐人寻味的是诗中那不无反讽意味的急切语调,那种堂吉诃德式的骑着瞎马奋不顾身地"向着黑夜里加鞭;——向着黑夜里加鞭",以及"我冲入这黑绵绵的昏夜;——我冲入这黑茫茫的荒野",都无限地加深了这种悲哀。这种对"理想之明珠"的最后冲动,到后来我们看清了——它同时也正是一种死亡的冲动!

---

2. 这里透出了极为辛酸的反讽意味:"这回天上透出了水晶似的光明",这真是犹如出自神启,只不过这已是倒下的骑手不配领受的光明。

3. 徐志摩曾称哈代这样的人不简单,因为他们扛着思想的重负,扛起它还得走完人生的险途不至于"在中途颠仆"(《汤麦司哈代的诗》)。但在这首诗里,他以他的"在中途颠仆",完全招认了他的惨败。他已完全看清,命运为他准备的是一种什么"下场"。

三、那些只在浅层面上喜欢《再别康桥》《沙扬娜拉》的读者也许很难理解和接受这样的诗。然而，离开了这样的诗，徐志摩的价值就会打折扣。正是这样的诗使他突破了笼罩着他的那种甜腻的氛围，也突破了公众审美的"平均数"，而朝向独特和伟大。

四、诗的最后给人以不胜悲凉的"寂灭"感——而它正是所有伟大悲剧艺术最终显现出来的元素。

徐志摩

（1897—1931），浙江海宁人，家境殷富。1918 年起先后赴美英留学，深受英国浪漫主义诗人哈代的影响，1922 年回国后先后在北京、上海等地任教并从事文学活动。1931 年，因飞机失事亡故于济南南郊，生前出版有诗集《志摩的诗》《翡冷翠的一夜》《猛虎集》，死后出版有《云游集》。关于徐志摩，朱自清曾这样说：在新月派中，闻一多在理论上影响最大，"但作为诗人论，徐氏更为世所知……他是跳着溅着不舍昼夜的一道生命水"。加上引人瞩目的爱情生活，使得他在公众的心目中，几近成为一种"自由的灵性"的化身。

（王家新 注）

口 供[1]

闻一多

我不骗你,我不是什么诗人,
纵然我爱的是白石的坚贞,
青松和大海,鸦背驮着夕阳,
黄昏里织满了蝙蝠的翅膀。[2]
你知道我爱英雄还爱高山,
我爱一幅国旗在风中招展,
自从鹅黄到古铜色的菊花,
记着我的粮食是一壶苦茶![3]

可是还有一个我,你怕不怕?——
苍蝇似的思想,垃圾桶里爬。

---

1. 这个题目本身就十分耐人寻味,可理解为一自我拷问下的内心独白,一种内心真实感受和想法的释放。

2. 第三、四句话(应为化用)用了中国古典诗中常见的意象,如"黄昏到寺蝙蝠飞"(韩愈《山石》)。

3. 这里的"苦茶"指的是诗人作为湖北人爱喝的浓酽绿茶,同时还隐喻着现实的艰难和苦涩。同杜甫一样,闻一多也偏爱现实中那些"艰难困苦"的事物,并以此作为思想和心灵的养料。

> 旁白:
>
> 一、诗的前半部分十分动人,它几乎要惹起我们的乡愁,但更使我们震动和惊异的是诗的结尾:它不仅陡然显现了一种真实,也体现了诗人在思想和艺术上的深化。读到这个逆转性的结尾,我们也理解了诗的第一句"我不骗你,我不是什么诗人"——诗人正是以这种不惜一切要抵达"现实的荒野"的努力,宣告了与所谓传统诗意的告别。
>
> 二、仍是诗的结尾:它颇有"语不惊人死不休"之感,却不是故作惊人之语。它真正显示了恶劣环境下思想的艰难。它其实也够"悲壮"、够"英雄主义"的了。它让我想起了叶芝的"心灵的杂货店"。

闻一多

(1899—1946),原名闻家骅,湖北浠水人。1913年进清华学校,1922年赴美留学,翌年出版诗集《红烛》,1925年回国。先后在北京艺专、武汉大学、清华大学任教,倡导新格律诗运动,1928年出版《死水》,1946年在西南联大任教期间因投身民主运动被害。闻一多有着古典诗歌的功底,同时深受西方唯美浪漫派和象征主义的影响,早期诗作辞藻繁丽,感情如泣血般浓烈,归国后因巨大的失望,感情日趋激愤、冷峻、内敛,转而"戴着脚镣跳舞",写出了《发现》《死水》等格律谨严、富有内在张力的诗作。

(王家新 注)

夜 之 歌

李金发

我们散步在死草上,

悲愤纠缠在膝下。¹

粉红的记忆,

如道旁朽兽,发出奇臭,²

遍布在小城里,

扰醒了无数甜睡。³

---

1. "死"字定下《夜之歌》的基调,出现在第一行,则令此诗从某个结局写起;"草"是传统意象,惯常被诗人们寄以惆怅惋伤的相思,"死草"表明这种相思已告绝望。"死"冠于"草"前,又将现实之境翻为超现实,从具象迈向了诗之抽象,并使下一句"悲愤纠缠在膝下"有了依据,顺理成章。

2. 既从结局写起,就唯有"记忆"。这"记忆"有"粉红"的颜色,显然关乎情爱;并有如"兽"的形象,腐"朽"的质地,"奇臭"的气味,处于"道旁"这么个位置,应是被憎厌和弃去了。这两行的层次何其丰富,给出的形象何其饱满,就诗而论,简直完美。

3. 这首诗的版本依据《新文学大系·第八集·诗集》(朱自清编选,上海良友图书印刷公司,1935),"偏布"即"遍布",后面第12行"终久"即"终究",第18行"汙气"即"污气",当时书写与现在规范不同。延自上一节的"奇臭""遍布在小城里",示意不堪回首的"粉红的记忆"到处干扰着现在,之后几节,写的正是已死的情爱之犹未死去带来的伤痛、悲绝和无可解脱之烦乱。

我已破之心轮,
永转动在泥污下。

不可辨之辙迹,
唯温爱之影长印着。

噫吁!数千年如一日之月色,
终久明白我的想象,

任我在世界之一角,
你必把我的影儿倒映在无味之沙石上。

但这不变之反照,衬出屋后之深黑,
亦太机械而可笑了。

大神!起你的铁锚,
我烦压诸生物之汗气。

疾步之足音,
扰乱心琴之悠扬。

神奇之年岁,

我将食园中香草而了之;[4]

彼人已失其心,
混杂在行商之背而远走。[5]

大家辜负,
留下静寂之仇恨。

任"海誓山盟":
"溪桥人语",[6]

你总把灵魂儿,
遮住可怖之岩穴,

或一齐老死之沟壑,[7]
如落魄之豪士。

---

4. 此节开始转而忆起从恋爱到背弃。"神奇之年岁"正是恋爱的年龄,"香草"则当与第一行"死草"对照,见出那个人曾经的美妙和我的痴心。

5. "心"是这首诗里的一个贯穿性意象,构成情节线索。第7行"我已破之心轮"和第20行"扰乱心琴之悠扬",皆因这一节所说的"彼人已失其心";"混杂在行商之背而远走"则点出"彼人"(那个曾经美妙如"香草"的人)的蜕化。

6. 胡浩然《满庭芳·吉席》:"海誓山盟,地久天长。"胡适《我的三个朋友——赠任永叔与陈莎菲》:"寒流秃树,溪桥人语,此会何时重有?"

7. "或"字在此提示"一起老死"不过是假设,可见其不死心。

但我们之躯体

既遍染硝磺。

枯老之池沼里,

终能得一休息之藏所么? [8]

1922年,法国第戎

旁白:

一、胡适的尝试自肉体——语言方面着手,去猜测未来现代汉诗可能的心灵。要是现代汉诗这种自由诗在一开始也有律则的话,那就是:它必须用一套有着自己的语言规范的白话来写作。李金发现代诗写作的起步,却并不踏在这条白话之路上。不幸而又幸运的是,提起诗笔之际,他还没过白话写作的训练,甚至没有白话写作的观念,这使得他去自创一套自己的汉语来一吐自由的诗之心声。李金发的原创性在于:他以灵魂为依据来塑造现代汉诗可能的形象,其诗歌语言的肉体逻辑是内在的,并不出于

---

8. 又一假设。"枯老之池沼"这一"死"地呼应了第一行的那个"死"字。问题是,"死"终于可以是"心"的"休息之藏所么"?《夜之歌》的声调幽怨,韵味牢骚,颇类楚辞,这最后一问,亦类"天问"。

文化策略的外在考虑。他奇崛的诗心和深受波德莱尔《恶之花》影响的诗歌意识，由于无可借用一种现成的汉语，而发为了变相的无词之吟唱。其诗之佶屈隐晦，大半在于他并不指望用语言告诉情况——他只想用语言奏出情绪。这种因为被迫而主动到音乐中收回其财富的意愿，正是象征主义的诗歌主张。

二、这首失恋之诗的情绪线索经由"死草""香草"和"池沼"转折。"死草"象征情爱不再的伤心绝望，"香草"象征情爱曾经的美妙，"池沼"则指向不知能否憩止忧惋愤懑愁苦悲绝之心的所在。

三、将一首诗以"歌"为题，在此不只是文学写作的惯技，而成为对这首诗实质的专指，提示你注意对它的读法——那"夜"里的爱恨情仇、希冀决绝、想象和欲望、幻觉与通感，它们的奔放发露更在于诗句的语调口气、速度节奏、顿挫转折和旋律音色，而不止于字词的意义。在读它时，应该用更多的感受替代理解。

李金发

(1900—1976)，广东梅县人，原名李淑良，因梦见白衣金发的诗歌女神而有此笔名。幼上私塾，1919年赴法留学，之前闻所未闻其时中国风起云涌的新文化运动，先后就读第戎和巴黎的美术学院，在法国诗歌特别是波德莱尔《恶之花》的影响下，开始当时看来风格险怪的诗歌写作，成为汉语中的象征主义诗人。其重要诗作大多写于旅居欧洲期间，收入诗集《微雨》《食客与凶年》等。1926年回国后，从事美术教育工作。40年代出使伊朗和伊拉克。1951年赴美国寄居，逝于纽约。诗人一生耻于跟文坛往来，晚年视其诗为"弱冠之年的文字游戏"。

（陈东东 注）

纸船——寄母亲

冰 心

我从不肯妄弃了一张纸,
　　总是留着——留着,[1]
叠成一只一只很小的船儿,
　　从舟上抛下在海里。

有的被天风吹卷到舟中的窗里,
　　有的被海浪打湿,沾在船头上。
我仍是不灰心的每天的叠着,
　　总希望有一只能流到我要它到的地方去。

母亲,倘若你梦中看见一只很小的白船儿,
　　不要惊讶它无端入梦。[2]
这是你至爱的女儿含着泪叠的,万水千山,

---

1. 诗的开头看似平淡,却为全诗做了铺垫。它从"不肯妄弃了一张纸"写起,引起人们的好奇心。进而,诗人写下了"总是留着——留着"。这第二个"留着",既是诗歌节奏上的一种要求,更是一种强调。

2. 纸船是这首诗的中心意象,问题是,怎样才能把它与对母亲的思念联系起来。因此,"母亲,倘若你梦中看见一只很小的白船儿,/不要惊讶它无端入梦"一句非常巧妙地进行了过渡。

求它载着她的爱和悲哀归去。[3]

旁白:

一、早期的新诗,总是过于直白,这首诗也不例外。它的可贵之处在于,它是一气呵成的,这点,今天有些诗人还不能做到。

二、这首诗是有颜色的,它的颜色非常特殊,那就是洁白。因此它给人的印象十分突出。比较悖论的是,同时它又可能被人忽视,因为太朴素了。

三、这首诗是写对母亲的爱,十分真挚。其想象力可比郭沫若的《早安》,其情调又使人想起余光中的《乡愁》。

冰 心

(1900—1999),原名谢婉莹,福建长乐人。早年毕业于燕京大学,后留学美国威斯利女子学院,回国后执教于燕京大学和清华大学等校。20世纪30年代,冰心到欧美

---

[3] 纸船不仅要到达母亲的梦中,而且还要求它"归去"。这"归去"二字十分传神,把这首诗的情感推向一个高点。

游学一年，与英国女作家伍尔夫等有过交往。1946年赴日本，任教于东京大学，1951年回国。冰心是新文学运动的元老，1919年即开始发表作品，她开创了多种"冰心体"的文学样式，拥有大量的读者。其诗风晶莹清丽，轻柔隽逸，凝练流畅。主要作品有诗集《春水》《繁星》，散文集《寄小读者》《小桔灯》等，另译有纪伯伦和泰戈尔的诗集。

（余刚 注）

寄之琳

废 名

我说给江南诗人写一封信去,

乃窥见院子里一株树叶的疏影,¹

他们写了日午一封信。

我想写一首诗,

犹如日,犹如月,

犹如午阴,

犹如无边落木萧萧下,²

我的诗情没有两个叶子。³

---

1. 这首诗从题目看是写给作者好友、诗人卞之琳的,起势就很不凡,信口一个"我说",唐突而不隔,这第 2 行的"乃"字是废名写诗的标志物之一,化文言虚词、古文句法入诗,峭拔老辣。

2. 废名讲究写诗要有饱满的诗情,这一连串平地里拔地而起的"犹如"足见其饱满,而且以日、月、午阴、无边落木萧萧下四个层次跌宕、构词错落的物事来与他想写的诗相比,堪称有大气象、大自由。

3. 这一句颇耐琢磨。废名自己解释说,写这一句是因为前面写了"无边落木萧萧下",怕人家说他思想里有很多叶子,故而他用"没有两个叶子"来破解,意在说"其实天下事哪里有数目可数呢"? 但这句话带来的谜一般的效果已经达到了拒绝谜底的高度。

| 旁白：

一、废名有个很独特的说法，认为新诗内容是诗的，文字是散文的，旧诗文字是诗的，内容却是散文的。这个说法很是诡异，但从这首跳荡自如、文气乖戾的诗中，我们大略可以体会到"散文的文字"与"诗的内容"到底是什么。

二、废名极其反对用典，认为它导致了"情生文文生情"的惯性表达，不利于诗情的畅行。这首诗里的"疏影""无边落木萧萧下"貌似对典故的化用，实则是急智，是对典故使用习惯的巧妙拆解。

三、这首诗表面上看是传递友情的酬唱，实则从第4行开始，它就变成了废名自己诗歌理想和诗歌观念的即兴载体，从这个意义上说，它更是一首"元诗"（关于诗的诗）。

废 名

（1901—1967），本名冯文炳，字蕴仲，湖北黄梅人，终其一生都带着艰涩难懂的湖北乡音，亦有人戏称此乃其诗玄奥冷涩之风格的缘由之一。20世纪20年代在北京大学就读，1929年被其师周作人举荐为北大中国文学系讲师,抗战期间蛰居故里,1946年返回北大执教。1952年前往长春东北人民大学(现吉林大学)任教,"文革"期间遭受迫害,患癌症病逝。废名在小说、诗歌、散文、佛学上均有极高的造诣,为人率真憨直,与熊十力因佛理见解不同而争吵扭打的故事在坊间流传甚广。

(胡续冬 注)

晚祷（其二）——呈敏慧[1]

梁宗岱

我独自地站在篱边。

主啊，在这暮霭的茫昧中。

温软的影儿恬静地来去，

牧羊儿正开始他野蔷薇的幽梦。[2]

我独自地站在这里，

悔恨而沉思着我狂热的从前，

痴妄地采撷世界的花朵。

我只含泪地期待着——

期望有幽微的片红

给春暮阑珊的东风

不经意地吹到我的面前；[3]

虔诚地轻谧地

在黄昏星忏悔的温光中

---

1. 这首不分节的十四行诗是写给梁宗岱在广州培正中学读书的同学。此诗也是他个人非常喜爱的作品。

2. 前四句写景，后四句写情。

3. "不经意"实则是用情用意的企盼。

完成我感恩的晚祷。[4]

1924年6月

旁白：

一、本首诗选自《晚祷》。《晚祷》是梁宗岱的第一本诗集，写成于十五岁到二十岁之间。内收《晚祷》《星空》《苦心》等诗作十九首，多为爱情诗。

二、此诗意象繁复，以大自然中的具体物象来描述内心情感。独自站在篱边，面对着无限之"主"，顿生孤苦无助之感。

三、伴着忏悔而来的是含泪的期待：愿那幽怨美丽的恋影能奇迹般回到自己的怀抱，重温往日的时光；唯有如此的归来，才能够最终完成感恩的晚祷。

四、梁宗岱评价自己的诗时说：《晚祷》中有着许多"春草般乱生的意象"，除了像《晚祷》(其二)这样"极少数的例外"，都不能算是"完成的诗"。

---

4. 有忏悔才有感恩，痛苦和酸涩也会酿成甜蜜。

梁宗岱

（1903—1983），出生于广东新会，童年在广西百色度过。天资聪颖，中学时便发表才华横溢的诗文。十八岁应郑振铎、沈雁冰之邀加入"文学研究会"；二十一岁赴欧洲留学七年，曾在日内瓦大学、巴黎大学等就读，得到了瓦雷里和罗曼·罗兰的赏识，归国后被聘为北京大学法语系教授。他较早将象征主义诗学介绍到中国，其纯正优美的译诗成为法语译作中卓越的范本。上个世纪五六十年代蒙受冤狱摧残，几乎送命。他性情刚烈，后皈依宗教，晚年定居广州，寂寞低调，自费研制草药赠人。其诗情思交融，语言优美典雅，宁静中蕴含着激情。

（蓝蓝 注）

孤 独

冯雪峰

哦,孤独,你嫉妒的烈性的女人![1]

你用你常穿的藏风的绿呢大衣
盖着我,
像一座森林
盖着一个独栖的豹。[2]

但你的嘴唇滚烫,
你的胸房灼热。[3]
一碰着你,
我就嫉妒着世界,心如火炙。[4]

1942 年

---

1. 连环式的比喻:用嫉妒修饰女人,又以女人的嫉妒喻示孤独,足见其孤独之烈之甚。此表达手法先声夺人,颇具冲击力。

2. 紧接着又一个连环的比喻:孤独犹如女人暗藏飓风的大衣的覆盖,亦如森林覆盖着独栖的豹。

3. 回到"女人"最真切的隐喻中:孤独之于诗人,宛如狂烈的痴情女人之于恋人。

4. 孤独到底是源于深爱和爱的缺乏,因为嫉妒的根源也是爱恨交织。

| 旁白：

一、这是一首感情浓烈、技艺超众的短诗，作于1942年，那年诗人正在国民党上饶集中营坐牢。

二、第1行便把诗人对孤独的感受的独特性强调出来。用一种抽象的感觉（嫉妒）来形容另一种抽象的感觉（孤独），手法极为冒险。

三、"嫉妒"的显影液显露出"孤独"的真实面目，增添了孤独的力量。

四、正是孤独的存在，才使诗人比一般人感受到更多对世界深入骨髓的爱。另一个用来修饰的词"嫉妒"，更引中出爱恨交织的复杂而热烈的感情。

冯雪峰

（1903—1976），原名福春，出生在浙江义乌，世代务农。九岁放下牛鞭，走进学堂。1921年考入杭州省立第一师范，和柔石是同学，并参加朱自清等组织的晨光社。后与汪静之、应修人等组织湖畔诗社，成为著名的"湖畔诗人"。曾译日本、苏联的文学作品及理论专著，结识鲁迅后，与其合编《科学的艺术论丛书》，并参与筹备中国左翼作家联盟。参加过"长征"，1949年后因《红楼梦》研究问题和"胡风事件"受牵连,被划为"右派",1976年初患肺癌去世。他的诗歌多短小凝练,感情缠绵,或质朴纯真,尤以爱情诗闻名。

(蓝蓝 注)

一个省城

朱 湘

江水已经算好了,喝井水的
多着呢。全城到处都是臭虫,
卑鄙的臭虫。最销行日本货,
价钱巧,样式好看。菜蔬与肉
比上海贵。夏天,太太们时兴
高领子……还不曾看见穿单袍
没领子的男人。通城的院子
有一个树木多——那是教会的。
大学租用着圣保罗的旧址;
每到春天——想必真是
Spring fever [1]——
定必要闹风潮。东门的城墙
拆了一半,还有一半剩下来;
城外有茅房,汽车站。[2]

---

1. 春倦症,常在初春时产生的一种烦躁或怠惰症状。

2. 叙述城市景观。这是写谣曲之外的朱湘。每行诗间出现分句,丰富节奏和语调。

是前天

立的秋；像大雨一样，凉风在

树堆子里翻腾着。我凉醒了，

躺在床上，想起 Havelock

Ellis[3] 的 *The Dance*

of Life，[4] 恭维中国的古代，

说那时知道艺术的来生活[5]

这班外国人！他们专说几百、

几千年前的腐话！

　　一阵早钟，

一声儿啼，由外边送了进来。

我出了神靠在床上，思忖着。

旁白：

一、这种叙述性写法不仅对朱湘构成挑战，对当时诗歌也形成比较罕见的刺激。我们都知道，朱湘本人一向以抒

3.Havelock Ellis（1859—1939），霭理士，英国作家、编辑、医生，研究人类性行为，提倡女权和性教育，其著作《性心理研究》曾被控为"淫书"。

4. 霭理士著作《生命的舞蹈》。

5. 作者认为当时西方对中国的判断或想象并无新奇之处。

情诗见长,所以写叙事作品对他来说就必须重新考虑句法和节奏诸问题,因而构成艰巨的挑战。当时是抒情诗一统天下,朱湘能够大胆书写这样的作品,对单一的抒情诗格局就形成一种凌厉的突破。

二、慵懒而怠惰的外省生活景象,与今天对比差异何在?

三、朱湘破除自己擅长的节奏和句法,忠实摹写生活本身,实际上已成我们自足的传统。今天的诗歌也是这样,不破除自己的固有方式,不忠实于生活本身,那么诗歌也就濒临死境。只有把这两个方面纳入传统,坚持不懈地继承下去,才能对诗歌的发展起到作用。我之所以说这个传统是自足的,是因为进入新世纪之后,大多数现代诗人已经认识并拥有了这个。它仅仅是起点,而远非目标。

朱 湘

(1904—1933),祖籍安徽,生于湖南沅陵,父母早亡。1919年考取清华学校,参加梁实秋、闻一多组织的文学社。1923年在《小说月报》第一次发表新诗。1925年出版处女集《夏天》,翌年自办刊物《新文》,只刊载自己的诗文及译诗。因经济拮据,仅发行两期。之后留学美国,曾在芝加哥大学等校学习,两年后即回国,生活动荡,为谋职四处奔走,家庭矛盾也趋激化。曾任安徽大学(今安徽师范大学)英文系主任,亦与校方不和。1933年12月5日,他在从上海到南京的客轮上投水自尽。朱湘致力于诗歌格律化的探索,以致坊间看重他谣曲的情调,这方面的代表作是《采莲曲》。

(桑克 注)

灵 感

林徽因

是你,是花,是梦,打这儿过,

此刻像风在摇动着我;[1]

告诉日子重叠盘盘的山窝;

清泉潺潺流动转狂放的河;

孤僻林里闲开着鲜妍花,

细香常伴着圆月静天里挂;[2]

且有神仙纷纭的浮出紫烟,

衫裾飘忽映影在山溪前;

给人的理想和理想上

铺香花,叫人心和心合着唱;

直到灵魂舒展成条银河,

---

1. 把"你""花""梦"并置,效果非常奇特,似乎把"你(灵感)"比拟为一个人,"人"和"梦"可以"打这儿过","花"却只能由人去观,去寻。而"风摇动着我"最能将灵感来临的"此刻"的诗人状态传神出来。因此,灵感既会偶然中闯进诗人的生活,诗人又常需主动地把灵感寻求,灵感状态中的诗人内心充满被激发的波动。短短两行中的四个喻体,把"灵感"和写作的诗人的关系刻画得细致而曲折。难得!

2. "告诉"一词,点出"灵感"使诗人开口的奥秘,暗示诗人的代言身份。"告诉"后面的四行诗,貌似状物写景,其实多属想象和内省,"日子"如"重叠盘盘的山窝","孤僻林"暗示诗人对自己生活状态的轻责。这四行两句实则是写诗人被灵感激发后对自我的发现,并由此人的心境也变得开阔。

长长流在天上一千首歌![3]

是你,是花,是梦,打这儿过,

此刻像风,在摇动着我;

告诉日子是这样的不清醒;

当中偏响着想不到的一串铃,

树枝里轻声摇曳;金镶上翠,

低了头的斜阳,又一抹光辉。[4]

难怪阶前人忘掉黄昏,脚下草,

高阁古松,望着天上点骄傲;

留下檀香,木鱼,合掌

在神龛前,在蒲团上,

楼外又楼外,幻想彩霞却缀成

凤凰栏杆,挂起了塔顶上灯![5]

1935 年 10 月

---

3. "灵魂舒展成条银河",奇崛而大气的比喻,"长长流在天上一千首歌",如心灵的合唱,何等境界!

4. 如果第一节里诗人的联想多为绘形写景,也不乏"细香""紫烟"这样的味觉和视觉的迷离效果,那么第二节中诗人则凝神于声音和色彩,写到"灵感"如"不清醒的日子里"偏想不到的一串铃,写到夕阳落到树枝高度时,"金镶上翠"的浓艳色彩,就连读者的听觉和视觉也在阅读中被打开了。

5. 第二节中的"阶前人"或许指的就是诗人自己,由此,仿佛暗示诗人因置身自然中被美丽的风景唤起了灵感,却又因灵感而激发了幻想。最后,"幻想彩霞却缀成/凤凰栏杆,挂起了塔顶上灯",将激情之光凝固为一盏塔顶的灯,既为实景又仿佛为想象,真可谓神来之笔。

> 旁白:
>
> 一、本诗以"灵感"为题,为探索文学激情的心理来源,描绘在这种表达的激情的支配下,写作者的种种感受。
>
> 二、灵感光临,对每位写作者而言,都是有福之时。诗人获得灵感,又以灵感为描述对象,描摹书写灵感和人之关系,细腻又丰富,诗情由节制而渐次丰厚、开阔。
>
> 三、全诗两节,每节十二行,每两行押尾韵。诗句较为均齐,读来有一种连绵回环的乐感,意象极富视觉性。虽然林徽因本人并不认同自己为"新月派"诗人,但若从她和徐志摩的友谊分析,也从她的诗歌特点可以看出,她的诗风和新月派的主张颇接近。

林徽因

(1904—1955),出生于杭州,祖籍福建闽侯,童年时举家迁居北京。1920年随父赴英国寓居一年,得以游历欧洲。1924年与后来成为她丈夫的梁思成一道赴美留学,入宾夕法尼亚大学美术学院。1928年回国,主要致力于中国建筑的研究。20年代初开始文学活动,涉猎诗歌、小说、戏剧和随笔等。后人编辑出版她的作品有:《林徽因诗集》《林徽因文集》(两卷)。她的文学生涯为时不长,写作爆

发期在1931年至1937年间。可止在《空谷回音》中评价说:
"尽管略有参差,但总的说来,却几乎是篇篇珠玉。"

(周瓒 注)

秋

戴望舒

再过几日秋天是要来了,[1]

默坐着,抽着陶制的烟斗[2]

我已隐隐听见它的歌吹[3]

从江水的船帆上。

它是在奏着管弦乐;

这个使我想起做过的好梦;

我从前认它为好友是错了,

因为它带了烦忧来给我。

林间的猎角声是好听的,

在死叶上的漫步也是乐事,

但是,独身汉的心地我是很清楚的,

今天,我没有这闲雅的兴致。[4]

---

1. 写秋天,却要从秋天到来前入笔。

2. 戴望舒似乎喜欢抽烟斗,在其他诗中也写到了烟斗。

3. 歌吹,是指歌声和乐声,如鲍照在《芜城赋》里写到"廛闬扑地,歌吹沸天",但这里似乎是专指秋天的乐声,对照下文的"它是在奏着管弦乐",以及"猎角声"。

4. 这里带有对那些罗曼蒂克诗歌的些微讽刺。

我对它没有爱也没有恐惧,

你知道它所带来的东西的重量,

我是微笑着,安坐在我的窗前,

当飘风带点恐吓的口气来说:

　　秋天来了,望舒先生![5]

旁白:

一、秋天一直是诗人们喜爱吟咏的对象。秋风带来的季节变化和萧瑟的意味,总能唤起人们的感慨和思考。在中国古典诗歌中,悲秋伤怀更是逐渐演化成一种滥调。(正如辛弃疾在一首词中写的那样:"为赋新词强说愁。")这首诗虽然仍是在写秋天带给诗人的"烦忧",但却是以一种轻松的甚至是略带点嘲弄的口吻("我没有这闲雅的兴致")说出的。一方面,他知道秋天带来的"东西的重量";另一方面,也表现出某种超然的姿态。重要的是,他的心境是现代人的,正如这首诗在形式和语调上,已经完全不同于旧体诗。

二、注意这首诗的语气。这是一种经过提炼了的书面化

---

5. "秋天来了"与诗的开头形成对照,也通过这种平白的口语,使诗的意趣得到了加强。

的口语，既洗练，又亲切，就像一杯清茶在手，对着老朋友在娓娓谈心。这一时期，戴望舒在写作上可能受到法国诗人雅姆的影响，至少从这首诗的语气中可以看出。但在诗中加入语气，是戴望舒的一大贡献，也许从他开始，汉语诗歌才真正重视起语调来。

戴望舒

（1905—1950），出生于杭州，原名戴丞。他在学生时代接触了鸳鸯蝴蝶派，在震旦大学学习法文时，阅读到大量象征派作品，翻译了魏尔伦等人的诗。他早期以《雨巷》闻名，但很快就感到这种过于诗意化写法的弊端，写出《我的记忆》这类用口语写成的清新自然的诗作。戴望舒的创作，对中国新诗的贡献极大，在我看来有两点：一是前面提到的，他把提炼了的口语语气运用在创作中；二是从他开始，中国诗人摆脱了浪漫派诗歌的影响，进入到象征派和现代主义。此外，我们还要提到他的翻译，他的译诗即使在今天看来仍然是汉译中的珍品。

（张曙光 注）

我们准备着[1]

冯 至

我们准备着深深地领受
那些意想不到的奇迹,
在漫长的岁月里忽然有
彗星的出现,狂风乍起;[2]

我们的生命在这一瞬间,
仿佛在第一次的拥抱里
过去的悲欢忽然在眼前
凝结成屹然不动的形体。[3]

我们赞颂那些小昆虫,

---

1. 此为《十四行集》第一首。韵式比较完整,abab/cbcb/dac/eac,后六行与弥尔顿式接近。冯至的变体十四行对中国新诗体式贡献至伟。因为在此之前,中文的新诗体式是不够讲究也不够成熟的,冯至学习欧洲的十四行体并加以中国化,这个过程其实就是造就新诗体式的过程。他的实践为后来者提供了可以掌握的一种新诗体式。

2. 此句在全诗结尾之处重复,而且前后分句颠倒,表达不同的效果。前者突出狂风,后者突出彗星。颠倒位置,也有韵脚的需要。

3. 句式整饬,每行四顿,描述回忆自身突然而来的情状。

它们经过了一次交媾

或是抵御了一次危险,[4]

便结束它们美妙的一生。

我们整个的生命在承受

狂风乍起,彗星的出现。[5]

| 旁白:

一、诗歌为何首先是一种分行形式?这首诗即是答复。诗与散文最大的形式差别就是分行。但散文分行之后是否为优秀之诗则相当可疑。这首诗对分行的控制比较严密,如第一节,"我们准备着深深地领受 / 那些意想不到的奇迹",从中间分开,两边长度均衡,给人以视觉的愉悦感;这个中间的选择,是充分考虑过顿的变化的,因而构成听觉上的和谐感。另外,从"领受"而断则为第三句的"忽然有"提出了分行的限制和韵脚依据。

二、借助昆虫、彗星与狂风的形象,有效地表达生命的觉悟。

---

4. 此句并未完成,而是跨入下行下节。跨行法是现代诗主要技法,凸显张力之美。

5. 形式导致控制力,使激情隐伏于冷静的描述之中。

三、怎么领受朴素的生命之美?打开自身,进入细节。之所以这么说,是因为我一直认为观察生命或体验生命的方式,就是从自己开始的。如果不从自己开始,必然失于虚妄。而没有细节,这种观察或体验就沦为没有根基的泛泛之谈。更何况细节本身就是美的。

冯 至

(1905—1993),原名冯承植,出生于河北涿州,冯家为天津著名盐商。他曾就读于北京四中,1927年毕业于北京大学外文系,同年任教于哈尔滨第一中学。1930年至1935年留学德国,获海德堡大学哲学博士学位。回国后任教于同济大学、西南联大、北京大学等校。学生时代与友人合办《沉钟》周刊,写有诗集《昨日之歌》《十四行集》等,关注现实,形式考究。1949年后仍有不少诗作,但被何其芳评论为"过于平淡,缺乏激情"。此外,他还留下了小说集《伍子胥》、散文集《山水》、专著《杜甫传》《论歌德》等,他翻译的里尔克《给一个青年诗人的十封信》对"文革"后的诗人修为产生了较大影响。

(桑克 注)

距离的组织

卞之琳

想独上高楼读一遍《罗马衰亡史》,
忽有罗马灭亡星出现在报上。[1]
报纸落。地图开,因想起远人的嘱咐。
寄来的风景也暮色苍茫了。[2]
(醒来天欲暮,无聊,一访友人吧。)
灰色的天。灰色的海。灰色的路。
哪儿了?我又不会向灯下验一把土。[3]
忽听得一千重门外有自己的名字。

---

1. 作者原注:"1934年12月26日《大公报》国际新闻版伦敦25日路透电:'两星期前索佛克尔余天文学者发现北方大力景昨夜中出现一新星,兹据哈佛德观象台纪称,近两日内该星异常光明,估计约距地球一千五百光年,故其爆发而致突然灿烂,当远在罗马帝国倾覆之时,直至今日,其光始传至地球云'。"这可能是引发诗人创作此诗的动机。

2.《罗马衰亡史》为英国人爱德华·吉本所著。在原注中,作者说:"'寄来的风景'当然是指'寄来的风景片'。"这里诗人有意把"风景"与"风景片"混淆了,由这种语意上的含混营造出诗意来。

3. 作者原注:"1934年12月28日《大公报》的《史地周刊》上《王同春开发河套讯》:'夜中旷野,偶然不辨在什么地方,只消抓一把土向灯一瞧就知道到了哪里了。'"这里是写诗人午夜醒来时恍惚的状态。

好累呵！我的盆舟没有人戏弄吗？ [4]

友人带来了雪意和五点钟。 [5]

旁白：

一、首先我们来看这首诗的标题。一首诗的标题有时可能无足轻重，但更多时候是打开一首诗的钥匙。这里提到"距离"造成了一种空间感，它是空间上的，也是时间上的。如罗马帝国倾覆时爆发的星，和20世纪人在高楼上读吉本的《罗马衰亡史》，如星光穿过一千五百光年投射在地球上。如打开地图，想到了远行的朋友。如寄来的风景明信片和此刻作者的状态。此时和彼时，此地和彼地，此物和彼物，正是通过这首诗交织在一起，造成了玄想和诗意。

二、在这首诗中，既有对西方现代诗歌手法的运用（如断裂和跳跃），也带有浓郁的中国味道（"灯下验一把土"

4.《聊斋》的一篇故事中讲到，师父外出，嘱门人不要动扣在盆中的东西。门人好奇，打开来看，原来在清水上有一草编的船。他无意中将船碰翻，师父回来时责备他没有听自己的，他辩白，师父说，刚才海上有船翻了，你骗不了我。这里的"我"应该是作者自拟。

5. 友人在欲雪的傍晚来访，与前面"醒来天欲暮"句相对应，前者是友人的内心独白，带有一点戏剧色彩。从整首诗看，是写诗人从下午到傍晚在房间里面的活动，但由于穿插了报纸、明信片和友人的来访，使得这首诗的时空在无限地延展，我们的经验世界被大大拓宽了。

或"盆舟",以及某些句式)。这些正好构成了卞之琳诗歌的一个特色。

卞之琳

(1910—2000),生于江苏海门,在北京大学英文系就读时,受到闻一多和徐志摩的影响,开始诗歌创作,并从瓦雷里、艾略特和奥顿等人的现代诗中广泛吸取养分。卞之琳的诗歌大胆采用西方现代诗的手法,并试图将西方的现代手法与中国的诗歌传统加以融汇。他的诗心细密,虽然格局不大,但内敛而深邃,注重文体,尝试将日常用语和书面用语有机地结合起来,在诗的形式和格律上都做了有益的探索。近年来,卞之琳的创作越来越受到国内一些诗人的推崇。

(张曙光 注)

我爱这土地

艾 青

假如我是一只鸟,

我也应该用嘶哑的喉咙歌唱:

这被暴风雨所打击着的土地,

这永远汹涌着我们的悲愤的河流,

这无止息地吹刮着的激怒的风,

和那来自林间的无比温柔的黎明……[1]

——然后我死了,

连羽毛也腐烂在土地里面。[2]

为什么我的眼里常含泪水?

因为我对这土地爱得深沉……[3]

1938年

---

1. 对这片土地的赤子之心和诗人的使命。

2. 无怨无悔的忘我之爱。

3. 泪水悬而未落,读来则令人热泪盈眶。

| 旁白：

一、相对于艾青的《大堰河——我的保姆》和《雪落在中国的土地上》两首杰出的诗歌，本诗短而简洁，却因为最后两行令人落泪的诗句而喷涌出诗人对祖国的无限深沉的热爱。

二、此诗写于1938年抗战初期，诗人把个人浓烈的情感和民族命运紧密联结起来，以"一只鸟"之小，来讴歌土地、河流、风和黎明等永恒博大之物，以及死后也要将身躯融进泥土的决绝，表达出诗人对这片土地最真挚感人的赤诚之爱。境界广阔，感情强烈而忧郁。

三、最后两行为深沉动人、脍炙人口的著名诗句，无数次被人传诵引用。

艾 青

（1910—1996），原名蒋海澄，出生于浙江金华，幼时由一位贫苦农妇养育。1928年入杭州国立西湖艺术学院学画，翌年赴法国勤工俭学。1932年初回国，在上海加入中国左翼美术家联盟，不久被捕，在狱中以养育他的农妇为原型创作了《大堰河——我的保姆》，发表后引起轰动。此后的诗歌大多表现了诗人热爱祖国的深挚感情,富有强烈的时代感,诗风沉雄,情调忧郁而感伤,是推动一代诗风的重要诗人。1957年被划为"右派","文革"中一再遭到批判,1976年重获写作权利。

(蓝蓝 注)

沪之雨夜

林 庚

来在沪上的雨夜里

听街上汽车逝过

檐间的雨漏乃如高山流水

打着柄杭州的油伞出去吧 [1]

雨水湿了一片柏油路

巷中楼上有人拉南胡

是一曲似不关心的幽怨 [2]

孟姜女寻夫到长城 [3]

---

1. 虽然写的是20世纪30年代在中国"现代化"程度最高的上海,但在诗中唯一的"现代"符号"汽车"只是在听觉中"逝过",作者的感受力偏偏集中在古意盎然的雨滴之上,和上海本土的现代派诗人相比,颇有点"目中无时尚"的感觉。题目中的"之"和第3行的"乃"加深了行文的古意。而在上海撑起一把"杭州的油伞"也颇能显现一种对江南古意的泛化想象。

2. "是"和"似"两个读音近似、指向完全相反的词在同一句中作近距离呼应,断然与恍惚之间的落差颇值得把玩,同时,漠然的"似不关心"与直指内心的"幽怨"也构成了饶有趣味的张力。

3. 作为一个以放松的心态在上海旅行的人,这最后一句看似作者信手剪接来的街边曲目,实则在无意中也点出了他对居住地北京(长城)的模模糊糊的思念。

旁白：

一、这首诗选自林庚 1934 年出版的诗集《春夜与窗》，在这个阶段，林庚还是以书写让他感到"一种全新的解放"的自由诗为主，还未开始令他享有盛名的对新诗格律的独特探索。

二、林庚的好友、同属 30 年代北平现代派诗人的废名极其欣赏这首诗，他曾在为北大学生授课的讲义中称赞这首诗"真是写得太自然、太真切，因之最见作者的性情了"，认为它于"美丽"中透出了"哀音"。

林 庚

（1910—2006），祖籍福建，生于北京，1933 年毕业于清华大学中文系，先后在厦门大学、燕京大学和北京大学执教。林庚颇有"四"字缘，早年曾与季羡林、吴组缃、李长之并称"清华园四剑客"，为诗亦如剑客般自由率性，颇有"少年精神"。从诗集《北平情歌》开始，林庚逐渐转向新诗的格律化探索，注重在严格的诗韵中探索古典意趣与现代感受力交融的可能性。同时，将精力更多地投入了古代文学的研究与教学，泽被了数代学子，故而到了老年之后,他又和吴组缃、王瑶、季镇淮并称为"北大中文四老"。

(胡续冬 注)

季候病

何其芳

说我是害着病,我不回一声否。

说是一种刻骨的相思,恋中的征候。

但是谁的一角轻扬的裙衣,

我郁郁的梦魂日夜萦系?

谁的流盼的黑睛像牧女的铃声

呼唤着驯服的羊群,我可怜的心?[1]

不,我是梦着,忆着,怀想着秋天![2]

九月的晴空是多么高,多么圆!

我的灵魂将多么轻轻地举起,飞翔,[3]

穿过白露的空气,如我叹息的目光!

南方的乔木都落下如掌的红叶,

一径马蹄踏破深山的寂默,

---

1. 开头并不否认"我"害了刻骨相思的恋爱病,但这爱情却不具体,3—6 行自问,那个对象是谁呢? 第 5、6 两行巧思奇喻颇为高妙,竟似天成!

2. "不"否认却又没有否认上述恋爱病,但明确了"我"的恋爱病是"怀想着秋天"。至此"季候病"在诗中被定义。

3. 想象中秋天的宽广和"我的灵魂"在其中轻举高翔的健康,判然有别那些害病的征候。

或者一湾小溪流着透明的忧愁,

有若渐渐地舒解,又若更深地绸缪……⁴

过了春又到了夏,我在暗暗地憔悴,

迷漠地怀想着,不做声,也不流泪!⁵

1932年

旁白:

一、辛弃疾《丑奴儿》:"少年不识愁滋味,……为赋新词强说愁。而今识尽愁滋味,……却道天凉好个秋。"《季候病》里似也有这么两层境界,诗意往返循环于其间。怀秋正由于怀乡,在伤感和脆弱的独语里,如何其芳自己所说的"被压抑住的无处可以奔注的热情"被打开。

二、尽管新诗的许多短诗都被一概称为抒情诗,但是像何其芳所写的这么一味抒情的诗其实少见,像《季候病》这样单纯精致的抒情诗,更是难能可贵。这首诗的完美首先在于它全然的本分,其题材和主题也就是它的抒情

---

4. "南方"的秋景。至此"怀想着秋天"跟"怀乡"的主题相关联,"季候病"亦即思乡病。

5. 最后两行单列一节总结此诗,仍是执迷和愁绪:当秋天还没有到来(南方的家乡仍然遥远),"我"就只能还在"我"的"季候病"(思乡病)里"迷漠地怀想着"。

诗样式。于是，它就如音乐般不能以另一方式加以复述。这首抒情诗说了什么呢？它说了它自己——说出它的唯一方式只能是将它再念上一遍。

何其芳

（1912—1977），原名何永芳，四川万县人。幼读私塾，1929年秋考入上海中国公学预科，开始创作和发表诗歌。翌年就读清华大学外文系，再转北京大学哲学系。1936年与李广田、卞之琳合出《汉园集》；九年后问世的《预言》奠定了他的诗歌地位。他那纯粹的抒情诗篇"不仅区别于旧传说中的爱的无病呻吟，也区别于滥调的新诗中狭窄的伤春悲秋"。1938年夏他赴延安，任鲁艺文学系教员、主任等职。之后直到因癌症逝于北京，他历任包括中国作协书记处书记和社科院文学所所长在内的各种文化官员，同时是一个勤于改造思想的写作者。

（陈东东 注）

萧萧之歌

纪 弦

我对我的树说:我想
要是我是一棵树多好哩!槐树、榆树
或者梧桐。要是让我的两只脚和十个足趾
深深地深入泥土里去,那么我就也有了枝条
也有了繁多的叶子。当风来时
我就也有了摇曳之姿。也唱萧萧之歌

 萧萧飒飒
 飒飒萧萧
让人们听了心里难过,思乡
和把大衣的领子翻起来。而在冬天
我是全裸着的。因为我是落叶乔木
不属于松柏科。——凡众人叹赏的
就不免带几分俗气了。所以我的古铜色的
头发将飘向遥远的城市。我的金黄色的
头发将落在邻人的阶前。还有些琥珀般发红的
则被爱美的女孩子捡了去,夹在纪念册里

过些时日便遗忘了。于是当青棒的季节重来[1]
她们将在我的荫盖下纳凉、喝汽水
和讲关于树的故事……然后
用别针，在我的苍老的躯干上
刻她们的情人的名字：诸如 Y.H. 啦
TY 啦 RM 啦 ST 啦 YD 啦 LP 啦以及其他
等等，都是些个挺帅而又够古怪的家伙

——我对我的树说。我的树
是热带植物，但不算棕榈科

旁白：

一、诗人以物寄情，是常见的题材。而最常见的写法，是直接写物，暗含对人的品格的颂扬；或把物拟人化，较明白地颂扬人的品格或个性。但这两种写法，已变成模式，很难有新意。此诗干脆白话白说，"要是我是一棵树多好哩"。这样反而返璞归真，剔除任何令人不适的矫饰。

二、与白话白说相一致的，是诗人不把树神圣化或抽象化，

---

1. 青棒是指青少年棒球运动。这里使用的版本，是台湾版《纪弦自选集》。蓝棣之编的大陆版《纪弦诗选》中"青棒"作"青绿"。

从树与人的最普通关系说起,并始终围绕着这种关系来铺展。包括喝汽水、在树上刻情人的英文缩写字这些较现代的场面,以及使用"挺帅""够古怪的家伙"这些较口语化的词语。

三、"让人们听了心里难过,思乡和把大衣的领子翻起来"包含两种内心反应和一个外部动作。两种内心反应包含作者的小小幽默或小小恶作剧,而外部动作则带有漫画化的意味,且描写得十分生动。"凡众人叹赏的就不免带几分俗气"则是全诗的诗眼,也是作者为人作诗的一种态度。

纪 弦

(1913—2013),原籍陕西周至,出生于河北保定,本名路逾,曾用笔名路易士。毕业于苏州美术专科学校,一度留学日本。在大陆已有诗名,后来移居台湾,在中学任教,1976年迁居美国,百岁逝世于加州。从早期到晚期,从大陆时期、台湾时期到美国时期,他的语言一直保持清新、幽默、轻快的特点,且一直保持诗人最宝贵的一个特质:天真无邪。出版过诗集十多部,以下是这位勇者的自画像:"我年年都在写,不停地写,迄今已写了七十多年。当然,我还要继续写下去,因为我这个人,就是为诗而活着,亦将为诗而死去……诗是我的宗教,诗是我的一切。"

(黄灿然 注)

夜 客

陈敬容

炉火沉灭在残灰里,

是谁的手指敲落冷梦?

小门上还剩有一声剥啄。[1]

听表声的答,暂作火车吧,[2]

我枕下有长长的旅程

长长的孤独。[3]

请进来,深夜的幽客,

你也许是一只猫,一个甲虫,

每夜来叩我寂寞的门。[4]

---

1. "谁的手指"这一形象,出于对"小门上……一声剥啄"这种细小声音的猜测和想象。

2. 从表声的"的答"联想到火车的声音,这跟前一节写到的"手指"有关——那手指属于一个敲门的夜客?这夜客是刚刚乘着火车远来的吧?

3. 表声出于"我枕下",睡前对细小声音的猜测和想象,不过是更显出了"我"的"长长的孤独"。

4. 此节以希望哪怕是"一只猫,一个甲虫"这种"深夜的幽客"来访的方式,写出"我"的"寂寞"究竟有多么绝望。

全没有了:门上的剥啄,

屋上的风。我爱这梦中的山水;

谁呵,又在我梦里轻敲……[5]

1935年冬,北平

旁白:

一、入梦前后,感官一样样关闭,唯有听力反而更加活跃和敏锐,这首诗正由那一刻的听力带来。

二、对"深夜的幽客"的猜想以声音为据,更出于诗人因孤独寂寞而生的绝望中的希望。

三、但使得这孤独寂寞的绝望显得毫无希望的是,诗的最后一行似乎透露,整首诗对一个细小声音的猜测和想象也只是一重梦境,"深夜的幽客"造访的一点点渺茫的声音依据,也并不实有。

四、写此诗时陈敬容十八岁,独自一人寄于京城,居无定所。设想起来,那个"深夜的幽客"用手指剥啄人家小

---

5. 幸好还有梦,还能在梦中听到也许是夜客的"轻敲"。最后一句却又能反过来接上第一节里"是谁的手指敲落冷梦"一句,似乎这首诗可以循环着继续读下去——不过这最后一句提示,前面读到的那些,是否也已经是梦?

门的形象，更可能属于诗人自己，那个猜想和期待夜客的倒是小门里的别人。也许，此诗竟然是诗人梦见别人在梦中梦见身份为夜客的诗人的梦……

陈敬容

（1917—1989），原名陈懿范，四川乐山人。启蒙教育来自清朝末代秀才的祖父。十八岁时只身到北平，在清华和北大短期旁听，写作并开始发表作品。1948年，与辛笛、杭约赫、唐祈等共同创编《中国新诗》月刊，后担任过《世界文学》编辑等职。她是九叶诗派最优秀的女诗人，善以外景触发内感，凝练而有爆发力地抒写自己的渴意。"找到焦灼的渴意的时候，"她说，"我同时也就望见盈盈的满溢了。"著有诗集《交响集》《盈盈集》《老去的是时间》、散文集《星雨集》和译作《安徒生童话》《巴黎圣母院》等。

（陈东东 注）

春

穆 旦

绿色的火焰在草上摇曳,[1]
他渴求着拥抱你,花朵。
反抗着土地,花朵伸出来,
当暖风吹来烦恼,或者欢乐。[2]
如果你是醒了,推开窗子,
看这满园的欲望多么美丽。
蓝天下,为永远的谜迷惑着的
是我们二十岁的紧闭的肉体,[3]

---

1. 这里使用了隐喻,把草的绿色比喻成火焰,非常生动形象。

2. 暖风吹来的是"烦恼"或"快乐",因为春天带来了欲望。"烦恼"和"快乐"分别是欲望的两种方式。当欲望无法实现,就会使人烦恼;而当欲望得到了满足,自然就是快乐了。值得注意的是,在诗人的笔下,"欲望"并不带有贬义,而是在春天的一种自然健康的萌动。这种欲望是生的冲动,是对美的渴求。

3. "紧闭的肉体"带给人一种紧张感,"紧闭"带有"封闭"和"禁制"的意思,"紧闭"与"肉体"放在一起,明显带有欲望被压制的含义,这既可以是行为上的,也可以是精神上的,与冬天的植物状态较为接近。而"我们二十岁的紧闭的肉体"被"永远的谜迷惑着的"来修饰,表现出我们一方面受到禁闭,另一方面却因渴望而迷惑。

一如那泥土做成的鸟的歌,[4]

你们被点燃,却无处归依。

呵,光,影,声,色,都已经赤裸,

痛苦着,等待伸入新的组合。[5]

1935年冬,北平

旁白:

一、草和野火对中国人来说,是最为习见的关于春天的意象了。唐代诗人白居易在他的成名作中就这样写:"野火烧不尽,春风吹又生。"这里写的是春天的草。在他把这首诗拿给一位前辈诗人看时,前辈诗人的态度发生了惊人的转变。在读这首诗前,他曾风雅地拿白居易的名字开玩笑:京城的米价刚刚上涨,居住不易啊。但读了这首诗后,他又对年轻的诗人说:能写出这样的作品,住在京

---

4. 这句话理解起来有些困难:鸟儿在天空中飞翔,自由自在,它的歌为什么要用"泥土做成"呢?我们知道,鸟儿是歌唱者,就像诗人和歌手一样。尽管他们可以随心所欲地运用自己的想象力,就像在天空中自由飞翔一样,但他们的作品最终来自现实生活,即来自大地和泥土。

5. 指事物结构的重新安排。有时,决定事物性质的不是事物的质地和材料,而是事物的结构。"新的组合"是一个带点科学意味的词组,被诗人移用来形容古老的春天,恰到好处。"伸入"是一个动词结构,与"新的组合"组合成句子,更为生动。"等待"表明这一切正有待于实现,春天带来了觉醒和希望,而希望的实现仍然要有一个过程。

城也并非难事!在一千多年后的另一位年轻的诗人笔下,火焰和草合并成为一个意象。"绿色"与"火焰"联系在一起,恰到好处地表现出春天的热烈和勃勃生机。

二、在诗人的笔下,无生命的一切变得有了生命。春天渴求着拥抱花朵,花朵从大地中伸出。"反抗着土地",是指花朵不甘心藏在土地下面,它想向世界展示它的美丽。这是一种生命活力的张扬。

三、诗人并不满足于描写自然界,而把笔触转到了"人"的身上,这也是全诗的重心所在。这里的人是青年,是"我们二十岁的紧闭的肉体"。

四、这首诗由自然界的春天写起,由物及人,主题是觉醒和等待。对春天的抒写与对希望的期待顺理成章地联系起来了。这是一篇春天的宣言,代表着年轻人对一个新世界的期望和憧憬。

穆 旦

(1918—1977),原名查良铮,祖籍浙江宁海,出生在天津。十七岁进入清华外文系,次年转到了西南联大,受英国批评家燕卜荪的影响,接触到现代诗。1949年,穆旦到美国留学,三年后返回中国,在南开任教,但因为所谓的历史问题受到政治迫害。这期间他翻译了大量欧美诗歌,他的译诗对年轻一代的诗人影响极大。穆旦是现代诗歌史上杰出的诗人,他承上启下,使中国新诗基本完成了由浪漫主义到现代主义的转化。他的诗有较强的现代感,在技艺和审美上都达到了一个较高的层次。可惜在创造力日趋旺盛的时候,他的写作不幸中断。

(张曙光 注)

追物价的人

杜运燮

物价已是抗战的红人。

从前同我一样,用腿走,

现在不但有汽车,坐飞机,

还结识了不少要人,阔人,

他们都捧他,搂他,提拔他,

他的身体便如灰一般轻,

飞。但我得赶上他,不能落伍,

抗战是伟大的时代,不能落伍。[1]

虽然我已经把温暖的家丢掉,

把好衣服厚衣服,把心爱的书丢掉,

还把妻子儿女的嫩肉丢掉,

但我还是太重,太重,走不动,

让物价在报纸上,陈列窗里,

统计家的笔下,随便嘲笑我。

啊,是我不行,我还存有太多的肉,

---

1. 这几句中的"他"都是"物价"的拟人化,用"他"的种种动态来生动地表现抗战时期国统区物价的飞涨;"伟大的时代"是个反讽的强音,"不能落伍"则是这一强音的复沓。

还有菜色的妻子儿女,她们也有肉,

还有重重补丁的破衣,它们也太重,[2]

这些都应该丢掉。为了抗战,

为了抗战,我们都应该不落伍,

看看人家物价在飞,赶快迎头赶上,

即使是轻如鸿毛的死,

也不要计较,就是不要落伍。[3]

旁白:

一、在抗战时期作者所生活的国统区,民生状况极为恶劣,集中体现在通货膨胀、物价飞涨、经济崩溃上。作者将上述"时事"作为诗歌的处理对象,巧妙地设置了一个追逐物价的戏剧性情境,在当时传诵甚广。

二、作者和他的同学们在20世纪40年代的西南联大接受了当时最为完备的西方现代诗歌教育,又处在最微妙、最丰富、最紧张的现实感的浸润之中,因此,这一批诗

---

2. 与"物价"的"轻""飞"相对,诗中的"我"和家人处于"走不动"的"重",这实际上是在说国统区的居民已经为飞奔的物价所累,从句法上看,好几句都让"我"置于"物价"的逼视之下,人的主动性完全被非人的物价所褫夺。这里面的"重"表面上指物理意义上的滞重,实则指心理意义上的沉重。

3. 在把"物价"与"我"的状态对比了一番之后,作者继续正话反说,将一腔的愤懑渗透进对抗战时期国统区官样宣传语体的戏仿之中,强化了反讽的张力。

人形成了一整套综合性的、既能融会西方的现代诗艺又能最大限度地呈现当时中国的现实意识的诗歌观念和实践谱系。这首《追物价的人》将"时事"充分文本化的态度，诗中的戏剧化、反讽、戏仿等特征，都是上述观念和实践谱系的体现。

杜运燮

（1918—2002），出生于马来西亚的一个华侨家庭，好在他在大马读完初中后即回国求学，不然中国文学史可能会缺少一位影响新诗写作演进的重要诗人。1945年，杜运燮毕业于西南联合大学外语系，短暂地在东南亚一带的中学执教之后，1951年再度回到中国从事新闻工作。杜运燮在40年代就是"中国新诗派"的主要成员之一，"文革"结束之后，因为《九叶集》的出版，他作为诗人再度引人瞩目。杜运燮的诗以冷峻的机智和活泼的想象力见长，其影响力一直渗透到"今天派"之后的当代诗歌之中。

（胡续冬 注）

双桅船

蔡其矫

落下两片白帆

在下午金色的海面上

像落下两片饥渴的嘴唇

紧贴着大海波动的胸膛。[1]

在它下面

是随着微波欢笑的阳光

在它上面

是含情不语的风。我想

这就是船对海的爱

和周围对这爱的颂扬。[2]

1979 年

---

1. 船与海的关系。

2. 受到永恒祝福的爱。

旁白：

一、在选注蔡其矫诗歌时曾考虑他的另一首写于"文革"中的名作《祈求》，斟酌再三终于忍痛割爱，选定这首《双桅船》。理由是诗人一生的作品无不源于对爱的祈求，以及在此基础上对于野蛮和冷酷的控诉。

二、此诗只有十行，诗人对人的情感投射到船帆对于大海的深沉热爱中，尤其"饥渴的嘴唇"与"波动的胸膛"这一具体可感的比喻，生动贴切，辽阔而深沉，不落窠臼。

三、围绕着这爱情的是来自永恒天空和海洋的祝福和颂扬，这爱情也因此成为永恒的一部分，获得了不朽的生命。这首诗不仅仅是对狭义的爱情的赞美，也是对更为宽广的人类之爱的讴歌。尤其，"周围对这爱的颂扬"一句意境广阔博大，也是诗人对于"这爱的颂扬"的颂扬，感人肺腑。

蔡其矫

（1918—2007），出生于福建晋江。家境富裕，幼年随家人侨居印尼泗水。1938年毅然回国参加抗战，并辗转到达延安。20世纪50年代开始他放弃仕途，以固守诗人之身份。"大跃进"和"文革"时期，蔡其矫的诗歌始终背离当时的"主流",坚持个人的立场,并因此受到批判,甚至被流放和投进监狱。诗人受过惠特曼、聂鲁达的影响,也从祖国传统的诗歌以及民歌中吸取营养,容纳了中外诗歌的多种表现方法,同时注意题材和形式的多样化,曾影响和扶持过舒婷等朦胧诗人。

(蓝蓝 注)

金黄的稻束

郑 敏

金黄的稻束站在

割过的秋天的田里,

我想起无数个疲倦的母亲

黄昏的路上我看见那皱了的美丽的脸[1]

收获日的满月在

高耸的树巅上

暮色里,远山是

围着我们的心边

没有一个雕像能比这更静默。

肩荷着那伟大的疲倦,你们

在这伸向远远的一片

秋天的田里低首沉思[2]

静默。静默。历史也不过是

脚下一条流去的小河

而你们,站在那儿

---

1. 最感人的一句。从"皱了"的衰老到"美丽",其中必有爱和感激的默默输送。

2. 因"肩荷的疲倦"而获得雕像般的沉重,因其"伟大"而静默。

将成了人类的一个思想。[3]

1942—1947 年

旁白:

一、郑敏的诗大多蕴含哲理,这首诗歌却首先以丰满动人的物象取胜。

二、收割后荒凉的田野和弯曲的稻束,到无数劳作的母亲的脸,由"我想起"和"我看见"过渡、重叠。

三、由艰辛孕育出的生命和伟大品质,才能使"皱了的脸"呈现出美丽的光辉,也唯有美丽的心灵才能从"皱了的脸"上看出美丽。

四、劳动着的母亲的坚忍比之英雄伟人的雕像更加静默,超越一切人间喧嚣的张扬,大自然景象则赋予她们以圣歌般的庄严。诗人随后展开对历史和人类活动意义的思索,进而更加肯定并赞美了母亲那疲倦衰老的形象中"伟大"和"美丽"的性质。

---

3. 母亲站在大地上的形象使诗人收获了思想,而所谓"英雄和伟人"创造的历史不过是脚下飘逝的烟尘。

郑　敏

（1920— ），福建闽侯人，本姓王，其父早年留法攻读数学。从小她被过继给姨母，养父是父亲留学时一位姓郑的同学，他回国后在河南六河沟煤矿任工程师。郑敏的童年在矿区度过。十岁随姨母回北京上小学，"九一八"事变后，全家迁往南京。1939年考入西南联大外文系，注册时改入哲学系。其间开始写诗，得到德文老师、诗人冯至的鼓励和指点。1943年赴美留学，获布朗大学英国文学硕士学位。1956年回国，先是在社科院文学所，后来在北京师范大学外语系从事英国文学研究和教学工作。郑敏的作品以哲思和知性见长，在丰富的意象中寓以深刻的哲理，系九叶派诗人。

（蓝蓝 注）

走近你

袁可嘉

走近你,才发现比例尺的实际距离,[1]
旅行家的脚步从图面移回土地;
如高塔升起,你控一传统寂寞,[2]
见了你,狭隘者始恍然身前后的幽远辽阔;

原始林的丰实,热带夜的蒸郁,
今夜我已无所舍弃,存在是一切;
火辣,坚定,如应付尊重次序的仇敌,
你进入方位比星座更确定、明晰;

划清相对位置便创造了真实,
星与星间一片无垠,透明而有力;
我像一绫山脉涌上来对抗明净空间,

---

1. 起句虽然比较笨拙,但十分真实,甚至可说是出人意料。诗人内心的狂喜已在不言中。

2. 这里的"控",有运用、掌控、调度、把握之意,与《滕王阁序》"襟三江而带五湖,控蛮荆而引瓯越"中的"控"意思一样;这里的"一",是一个、一种、一类、一项的意思,在文言文里,经常有这样的用法。所以这句诗还带有早期新诗半文不白的痕迹。

降伏于蓝色,再度接受训练;

你站起如祷辞:无所接受亦无所拒绝,
一个圆润的独立整体,"我即是现实";
凝视远方恰如凝视悲剧——
浪漫得美丽,[3] 你决心献身奇迹。

| 旁白:

一、爱情诗居然可以写得如此绅士,其比喻如此现代,似乎有意识地拒绝古典意象。但尽管其语言彬彬有礼,作者的喜悦之情依然泄露无遗。诗中的情调甚至是迷狂的,唯其如此,这首诗至今仍然迷人。

二、这首诗多侧面地进行了描写。虽然他的描写扑朔迷离、躲躲闪闪,但其思路十分明晰,那就是走近,见到,惊讶,感叹,赞美。

三、此诗可看成是现代派诗作的一个标本,带有一丝奥顿的痕迹。作者有意把一些最无诗意的语言带进诗中,如"比例尺的实际距离""如应付尊重次序的仇敌""进入方

---

3. 在这里,诗人才直接说出他最想说的话。在此以前,诗人从各个方面、以各种方式进行了歌颂、比喻、摹写,如"应付尊重次序的仇敌""你进入方位比星座更确定、明晰",以至于我"降伏于蓝色,再度接受训练"。

位"再度接受训练",既掩盖了作者的真实情感,又隐约点明这是一位美丽又十分冷静的现代女性。

袁可嘉

(1921—),出生于浙江慈溪。1946年毕业于西南联大外语系,在校时得到老师沈从文和冯至的鼓励,发表了许多诗作,1957年后一直在社科院外文所从事研究工作。1980年,随着《九叶集》的出笼,40年代形成的一个现代主义诗歌流派"九叶诗派"得以诞生。袁可嘉认为,现代诗是一种冲动的平衡,更是心理和精神状况的综合体现。他的诗喜用工业社会词汇,具有从矛盾中求统一的辩证品格。除《九叶集》外,另有译著《半个世纪的脚印——袁可嘉诗文选》《欧美现代派文学概论》《欧美现代十大流派诗选》(主编)等。

(余刚 注)

我 遥 望[1]

曾 卓

当我年轻的时候,

在生活的海洋中,偶尔抬头

遥望六十岁,像遥望

一个远在异国的港口[2]

经历了狂风暴雨,惊涛骇浪

而今我到达了,

有时回头遥望我年轻的时候,

像遥望迷失在烟雾中的故乡

1981 年

| 旁白:
| 一、"过来人"的诗往往带有一种沧桑感。曾卓的这首诗

---

1. 写作这首诗时诗人年近六十岁了。

2. 这个比喻把时间空间化了,即把时间变成了可以眺望的具体地点和意象。

就以高度的艺术概括力从漫长人生中提取了两种不同的"遥望",一是年轻时对未来的想象,一是抵达暴风雨后的港口时对过去的回望和辨认,从而以一首短诗就包容了一个人的一生。尤其是后一个"遥望"给全诗带来了无尽的重量,在那一瞬,"遥望"被改变了方向,漫长而充满艰险的一生变得清晰,年轻时代的那个自己又出现在视野里,历历在目而又遥不可及……

二、曾卓的诗朴素而又感人,并富有艺术功力,如第二节的"经历了狂风暴雨,惊涛骇浪/而今我到达了,/有时回头……"语言上不加任何雕饰,读起来却有一波三折、惊心动魄之感。诗中的每个字词和比喻都带着诗人的体温和情感,正如诗人牛汉所说:"他(曾卓)的诗即使是遍体鳞伤,也给人带来温暖和美感。"

曾 卓

(1922—2002),祖籍湖北黄陂,生于武汉。抗战期间辗转重庆、上海等地,出版有诗集《门》,为"七月诗派"有影响的诗人之一。1955年,他被划为"胡风集团"分子,遭受长期的磨难,复出后有多部诗集和随笔集问世。曾卓上中学时即爱好文学,"生活像一只小船,/航行在漫长的黑河。/ 没有桨也没有舵，/ 命运贴着大的漩涡。"这首写于十四岁时的小诗，成了诗人大半生的写照。然而，诗人一直保持着对诗的信念。他在人生最困难的日子里写下的《悬崖边的树》(1970)，在"文革"结束后感动了无数人的心灵。

（王家新 注）

半棵树

牛汉

真的,我看见过半棵树
在一个荒凉的山丘上[1]

像一个人
为了避开迎面的风暴
侧着身子挺立着[2]

它是被二月的一次雷电
从树尖到树根
齐楂楂劈掉了半边

春天来到的时候
半棵树仍然直直地挺立着

---

1. 初读本诗,我感到第一节似乎多余,因为自然界中被雷电或自然灾害摧残的半棵树的现象并不鲜见,无须诗人刻意向读者保证他的确看见过。但细细品读,我理解到,诗人强调亲眼所见,实则含有一种见证的意思,诗人提供了观察现实(世界)的视角和分析历史的态度。

2. 以"侧着身子挺立"避开"迎面的风暴",细致而形象地描绘了人在严酷的现实环境中所选择的一种生存态度。

长满了青青的枝叶[3]

半棵树

还是一整棵树那样高

还是一整棵那样伟岸

人们说

雷电还要来劈它

因为它还是那么直那么高[4]

雷电从远远的天边就盯住了它[5]

1972年，咸宁

| 旁白：
| 一、"半棵树"其实是棵残损但依然活着的树，通过对

---

3. 由诗开始时的"看见"，到三、四两节对半棵树的进一步观察和了解，逐渐深化了诗人对半棵树顽强的生命力的关注和赞叹。

4. 此节的"人们说"，引出了一个群体，这样，既有诗人个人的经验，又获得了和他一样关注半棵树命运的人们的佐证，诗的视角更丰富了一层。此节点明"半棵树"的"直"和"高"是它被雷电劈打的原因，"半棵树"的气质也象征着一种高大和伟岸的人格。

5. 最后一句颇神奇，拟人化的"雷电"代表了具有无情的破坏性的负面力量。一个"盯"字形象地刻画了雷电的残忍和暴虐特征，也反衬出"半棵树"对受难命运所表现的顽强意志。

这"半棵树"的肯定和赞美,表达了诗人对一种人生的理解,对一种命运的体认和对一种积极而顽强的生命意志的肯定。

二、这首诗主题虽显单纯,但诗的语言相当凝练,以寥寥数语绘形传神,颇具感染力。

三、2004年,牛汉获得首届新诗界国际诗歌奖·北斗星奖,"授奖词"中诗人获得了这样的评价:"在半个多世纪的岁月里,在艰难困苦的条件下,牛汉创作了大量足以传世的短诗、长诗和散文诗,对时代,对历史,对诗人和读者,都产生了重要影响。""一代有一代之文学",现在读牛汉的诗歌,的确需要我们更自觉地领会在上世纪六七十年代中国的特殊文化氛围中,诗人对当时严峻的政治现实下人的命运和抗争精神的深刻揭示。

牛　汉

(1923—2013),原名史成汉,又名牛汀,蒙古族,出生于山西定襄的一个农民家庭。抗日战争期间流亡陕甘地区读中学和大学,同时开始发表文学作品。他是20世纪40年代成长起来,经历了长期的坎坷磨难之后,在中国文学的新时期又恢复写作活力的少数几位重要诗人之一。已出版诗集、散文集等近二十种,同时长期从事文学编辑工作,曾任《新文学史料》主编二十年,协助丁玲编辑文学杂志《中国》,任执行副主编。牛汉对特殊历史时期人的命运的关注,对不屈的生命意志的肯定,使他的诗歌主题获得了超越一定历史和时代的普遍性。著有《牛汉诗文集》《牛汉的诗》等诗集和文集多种。

(周瓒 注)

无 题

灰 娃

狼群出没的地方

风越发凄厉[1]

呼啸着　疯摇

参天森林　也不知这样猛烈撞击

痛还不痛　声响干涩[2]

这些伟岸的树　没有泪

林中的湖已冰封

走进这些千年老树

满天星星飞扑下来

　　鹧鸪疾溅起琴键

　　旋转着在四方熄灭了[3]

我聆听一片忧郁的沉寂

---

1. 起句颇新奇,以粗犷、直率的语风勾勒出一幅蛮荒旷野的风景。

2. "风"摇撼着"森林",使得树木互相撞击,"痛还不痛"却是诗人移情于树木,与风中树木感同身受。

3. 森林之外和森林里面的世界完全不同。尽管从远处或森林外面看到狂风摇撼着大树,但千年老树林里却异常安静而诗意。不妨把这外部和内部理解为一个人身处的外部环境以及他的内心世界。

看远方烟云轻霭　血液里那份

粗朴土地的乡情

狠命吞噬蛮荒 [4]

| 旁白：

一、作"无题"诗，或因为诗本身来得偶然，或因为无法用一个概括性的词语作为标题，或因其他考虑，虽然无题，其实有深意。通读此诗，我们可以将诗理解为诗人的一次内心的想象之旅。

二、诗人以"白日梦"般的想象，展开了一场在荒野和森林里进行的探索。从一个词语联想到下一个词语，从一个场景切换到另一个场景，我们既能找到词语间的关联性，也能够体验到诗人感受的丰富和变化。

三、这首诗令我想起当代诗人北岛的一首短诗《迷途》，不妨收录在此，可以比较着阅读。全诗如下："沿着鸽子的哨音／我寻找着你／高高的森林挡住了天空／小路上／一颗迷途的蒲公英／把我引向蓝灰色的湖泊／在微微摇晃

---

4. 由外部世界向内观察，（内心）"忧郁的沉寂""远方烟云轻霭"可以理解为是诗人对自我的描摹。如果前面描述的外部环境和内心的冲突无法调和的话，那么诗的结尾提供了一种"情绪的出口"：以血液里的"乡情"去"狠命吞噬蛮荒"。这多少意味着，诗人寻找到一种力量，用以和那冲突或分裂的世界抗衡。

的倒影中/我找到了你/那深不可测的眼睛。"

灰 娃

（1927— ），原名理召。祖籍陕西临潼，在西安读完小学。抗战爆发后，为躲敌机轰炸，随家人迁回乡间。十二岁时由姐姐送往延安，在儿童艺术学园学习。1948年因病往南京治疗，1951年转至北京西山疗养院。1955年入北京大学俄文系，毕业后到北京编译社做翻译，"文革"期间患精神分裂症。1972年，她在无人知晓，连她本人也身不由己的情形下开始写诗，边写边撕，或藏匿起来。后在画家、她未来的丈夫张仃鼓励下，使写作成为其精神疾患的一种"自我疗法"。诗集有《山鬼故家》《灰娃的诗》《灰娃七章》和自述《我额头青枝绿叶》。2016年获"柔刚诗歌奖"荣誉奖。

（周瓒 注）

长 颈 鹿

商 禽

那个年轻的狱卒[1]发觉囚犯们每次体格检查时身长的逐月增加都是在脖子之后,他报告典狱长说:"长官,窗子太高了!"[2]而他得到的回答却是:"不,他们瞻望岁月。"

仁慈的青年狱卒,不识岁月的容颜,不知岁月的籍贯,不明岁月的行踪;乃夜夜往动物园,[3]到长颈鹿栏下,去梭巡,去守候。

---

1. 正因为狱卒还"年轻",不识岁月的容颜,所以他对人何以变成了"长颈鹿"知其然不知其所以然。他的"认真",他的憨劲儿,给诗带来了一种幽默感。

2. 有时一个傻瓜提的问题十个聪明人也回答不了,因为那是一个哲学问题!好在"典狱长"的回答非同一般。

3. 请注意这里的转化:诗一开始是监狱里的情景,现在变成了"动物园",因为那些囚犯们都因"瞻望岁月"而变成了一种令人不解的"长颈鹿";这里,诗人运用了某种转喻手法,十分巧妙。

旁白：

这首诗的确写得很"酷"，是人生和岁月的隐喻，并带上了某种"黑色幽默"的味道。人是时间的"人质"，是岁月的囚徒，从有限瞻望无限，从生瞻望死……望着望着，脖子也伸长了！更荒谬残酷的是，你即使变成了"长颈鹿"也没有用，因为正如另一位诗人多多在《四合院》一诗中所说："张望，又一次提高了围墙"！

商　禽

（1930—2010），本名罗显，又名罗燕，四川珙县人。早年加入国民党，1950年去台湾后，翌年发表诗作。他做过码头工，跑过单帮，卖过牛肉面。1956年，他参与"现代诗"运动，后加入"创世纪"诗社，成为台湾超现实主义代表诗人。1969年应爱荷华大学之邀，赴美从事创作两年，回台后曾任《时代周刊》副总编，出版有诗集《梦或者黎明》《长颈鹿》等。他在台湾诗人中独树一帜，诗风冷峭，伴随着某种黑色幽默和反讽意识，尤其是他的散文诗，以其凝练的形式和耐人寻味的诗思，受到人们喜爱，对后来的年轻诗人有重要影响。

（王家新 注）

上 校

痖 弦

那纯粹是另一种玫瑰

自火焰中诞生[1]

在荞麦田里他们遇见最大的会战[2]

而他的一条腿诀别于一九四三年[3]

他曾经听到过历史和笑

什么是不朽呢

---

1. "玫瑰"是爱情的符号,当然也是幸福、和平和青春岁月的符号,但上校的"玫瑰"却"自火焰(不难理解为战火)中诞生"。痖弦自己的解释更直接:"玫瑰,指战场上的炮火。"

2. 荞麦田本该是和平的生活化空间,但那里却进行着"最大的会战"!依作者本意,"他们"指上校和他的战友。"遇见"一词,表明"他们"运气不佳地跟战争的那种不幸的遭遇关系。一首诗或诗中的一个句子,常常可以有不同读法,这里,考虑到前面那个"玫瑰"意象的爱情含义,和在后面诗中出场的"妻",或也不妨视"他们"为上校和他未来的"妻",这使得"遇见"一词另生意味,带来另外更丰富的想象:"他们"相约或偶然"在荞麦田里""遇见"?那么那"最大的会战"会不会另外也关涉"他们"两性之间呢?这一行似乎又能让人看见这样的场面——恋爱于"荞麦田里"的"他们"正在"会战"之际,却"遇见"了真正的大会战。诗的前两行也因为这一句而更确实。

3. "诀别"——紧接着就是"诀别",那条上校永远失去的腿代表以"玫瑰"为象征的他生活中所有美好的东西。

咳嗽药刮脸刀上月房租如此等等

而在妻的缝纫机的零星战斗下

他觉得唯一能俘虏他的[4]

便是太阳

1960 年 8 月 26 日

旁白:

一、嵌在中间自成一节的那行诗里的"历史和笑",是这首诗的一个高超视点。"上校""曾经听到过历史和笑",但他看不见"历史和笑"。"历史和笑"却能俯瞰他。

二、"历史和笑"的并置,形成严正与滑稽、宏大与琐碎、悲悯与不屑等讽刺性反差。在诗中,痖弦充分运用了这种讽刺性反差的修辞策略。

三、这首诗的样式本身,也正体现"历史和笑"的并置——史诗的题材和短诗的篇幅。

四、这首诗的力量,正在于这种"历史和笑",却又击打向"历史和笑"。

---

4. "妻"踩踏缝纫机的嗒嗒声让老上校回想起战地的枪声。在这一节描写上校晚年灰暗的日常生活的诗里,"零星的战斗""俘虏"这种军事化词语的羼入,跟前面"自火焰中诞生"的"玫瑰"和恋爱于"会战"一样,示意战争及其阴影对于"上校"命运的悲剧性甚或喜剧性的主导。

痖 弦

（1932— ），原名王庆麟，河南南阳人。在大陆接受小学和中学教育，1949年8月在湖南参加国民党军队，随之迁往台湾，目前定居在加拿大温哥华。20世纪50年代开始写诗，1954年他与两位背景相仿的诗人张默、洛夫一起创办《创世纪》诗刊。痖弦的诗作多方展示对基层生活者的痛苦反思，表现出一种茫然若失的幻灭感与失落感。著有《痖弦诗抄》《深渊》《盐》等诗集及诗论集《聚散花序》。他的诗歌写作生涯并不太长，后曾担任《幼狮文艺》等文学刊物的主编、《联合报》副刊主编等职，为台湾最有影响的编辑家和文化推动者。

（陈东东 注）

错 误

郑愁予

我打江南走过[1]
那等在季节里的容颜如莲花的开落

东风不来,三月的柳絮不飞[2]
你底心如小小寂寞的城
恰若青石的街道向晚[3]
跫音不响,三月的春帷不揭
你底心是小小的窗扉紧掩

我达达的马蹄是美丽的错误[4]
我不是归人,是个过客……

---

1. 口语化的"打"字,既随意,又亲切。如果用"从",则会流于平淡、疏远。

2. 这一行以"风"和"柳絮"来暗喻欲动未动的心理状态,并且字字珠玑,尽显汉语语法精简而含蓄的魅力。如果译成西文,必定要加上连接虚词"如果……就……",就会显得啰唆。下面的"跫音不响"一行也是。

3. "向晚"放在句末,给出一种意犹未尽。如按通常的句法写,"恰若向晚的青石街道",则意蕴尽失。

4. 此句是汉语现代诗少见的名句之一,"美丽的错误"也可能已经成为汉语中用得最多的矛盾修辞语汇。

旁白：

一、和许多传诵千古的诗作一样，《错误》一诗的魅力来自某种捉摸不透的气氛。它一方面总结道，美丽并不永远是美好的；另一方面却又告诉我们，失落却往往包含了内心的甜蜜。

二、"错误"所指究竟为何？注家历来有不同说法，有说是少妇（"你"）对归人的误认，更多的说法是指浪子（"我"）对"你"的抛离。但不管是期待与现实之间的错迕，还是后悔未能把握的过去，"错误"所蕴含的多义性是这首诗引人入胜的奥秘。

三、从某种意义上说，"归人"感总是暂时的，"过客"感却是永恒的。难道我们不是永远处在一个接一个的事件与过程中，同时体验着美丽和错误，而无法回到最原初的宁静中去吗？

郑愁予

（1933— ），原名郑文韬，祖籍河北，出生于山东济南。

幼时随军人的父亲走遍大江南北。1949年自费印刷了第一本诗集《草鞋与筏子》,同年随家人赴台湾。1963年,他成为现代诗社的中坚,1968年赴美留学,获爱荷华大学艺术硕士,之后任教于耶鲁大学,并入美国籍。现任台湾金门大学讲座教授、东华大学荣誉教授,主要在金门和美国纽黑文居住。出版的诗集有《梦土上》《衣钵》《窗外的女奴》《郑愁予诗集》《刺绣的歌谣》等。作为现代派的一员,他却以对中国传统精神和艺术品位的继承,在台湾诗坛被称为"中国的中国诗人"。

(杨小滨 注)

明月情绪

昌 耀

明月。

昆仑。

空朗万里无云。[1]

晴比昨夜

更多辽阔。

篝火

在天边。

苍茫中是谁

追逐马群,

铁蹄

一阵阵儿

如冰雹

叩打石板去也,

令我记起战争

---

1. 三行三个意象并置、转切、叠加,用词简劲,语似截铁。以后全篇也多如此。

年月。[2]

闲逸

莫不意味着偷安?

恬然潜在着

幽愤。

月下情绪

最难煎熬。[3]

明月明月

莫如明月速去,

而你通红的早晨

就也来临。[4]

1967 年 12 月 14 日

| 旁白:

| 一、这首诗的排列形成警策、短促到有点儿窘急的拍子

---

2. 月夜马蹄"令我记起战争/年月",激扬抒写者不会忘却的战士胸怀。联想到作者写此诗时的流放者身份,意味实在颇为苦涩,之后引发的感慨,也显得复杂多义。

3. "幽愤"跟月夜的"闲逸""恬然"形成反差和张力,"潜在着"的"幽愤",这正是遭流放的诗人"最难煎熬"的"明月情绪"。

4. 企图豁然放下和寄望未来,亦见出此诗的时代特色,譬如被大力倡导过的"革命浪漫主义"。

和节奏，顿挫感凝练诗思，带来气韵的深豁与苍茫。

二、昌耀惯以西部，特别是青藏高原作为抒写对象，来完成其一生的诗歌塑造。一些颇具西部生活特征的词语，成为独具昌耀诗歌特征的修辞；而一种独具昌耀诗歌程式的言说，将西部生活的峻厉严酷，展现为一个人内心生活的深挚、沉郁和壮美。这首诗对"明月情绪"的抒发，也大概如此。

三、值得注意的是这首诗的写作年代和诗人当时遭体制迫害的流放者身份。这位体制出身的诗人，其诗歌被造就，恰跟遭受体制迫害的命运密切相关，终于成为意图"改造"他的体制所未曾料想的一位真正的诗人。昌耀的诗歌伴随对他的迫害"改造"而转变，愈益精深博厚，这首《明月情绪》，是其前期转变中的一个标本。

昌　耀

（1936—2000），原名王昌耀，湖南桃源人，长期生活在青海。参加过朝鲜战争并负伤致残，其第一首诗即写于战场上。回国后响应政府号召前往西部，在那里因诗获罪，沦为囚徒。后虽平反，其困苦的生存境况却没多少改变。昌耀的出现和其诗风的成形，远在"文革"之前，但他的被发现、引人关注,以及对当代诗歌构成影响,却要晚至20世纪80年代。处女集《昌耀抒情诗集》出版时,他已年届五十。以后又有《命运之书》《昌耀的诗》等诗集面世。2000年3月23日,昌耀因骨癌晚期不胜其痛,跳出三楼病房自杀。

(陈东东 注)

相信未来 [1]

食 指

当蜘蛛网无情地查封 [2] 了我的炉台
当灰烬的余烟叹息着贫困的悲哀
我依然固执地铺平失望的灰烬
用美丽的雪花写下:相信未来

当我的紫葡萄化为深秋的露水
当我的鲜花依偎在别人的情怀
我依然固执地用凝霜的枯藤
在凄凉的大地上写下:相信未来

我要用手指那涌向天边的排浪
我要用手掌那托住太阳的大海
摇曳着曙光那支温暖漂亮的笔杆
用孩子的笔体写下:相信未来

---

1. 这首诗自从 20 世纪 70 年代末发表后就流传开来,屡屡成为各种朗诵会的篇目。

2. 蜘蛛网是不能查封什么的。像"查封"这样的词汇用在这里,是一种活用动词或曰词汇搭配的艺术手法。后来这成为朦胧诗较为显著的艺术特征之一。

我之所以坚定地相信未来

是我相信未来人们的眼睛

她有拨开历史风尘的睫毛

她有看透岁月篇章的瞳孔

不管人们对于我们腐烂的皮肉

那些迷途的惆怅、失败的苦痛

是寄予感动的热泪、深切的同情

还是给以轻蔑的微笑、辛辣的嘲讽

我坚信人们对于我们的脊骨

那无数次的探索、迷途、失败和成功

一定会给予热情、客观、公正的评定

是的,我焦急地等待着他们的评定 [3]

朋友,坚定地相信未来吧

相信不屈不挠的努力

相信战胜死亡的年轻

相信未来、热爱生命

1968 年,北京

---

3. 这四句实际上是话而不是诗,却比诗更感人,由此可见抒情诗可以很不抒情地出现。

旁白：

一、《相信未来》这首诗在20世纪80年代风靡一时，如今读后依然给人带来心灵的震撼。关键是作者恰如其分地运用了排比和对比的手法，使这首诗拥有相当的张力，而它的指向又是一种对未来的信念。它从情绪最低沉的"当蜘蛛网无情地查封了我的炉台／当灰烬的余烟叹息着贫困的悲哀"写起，尔后才慢慢到达诗人急切要告诉我们的——相信未来。经历过那个时代的人都知道，那时根本就没有未来和前途可言，因此当诗人提出"相信未来"，它一下就抓住了读者的心！

二、这首诗的技巧与艾吕雅的《自由》有相似之处，那就是铺排。但更多的是不相似，因为除了铺排，这首诗还不断地进行回旋，它用诗性的语言告诉我们，为什么应该相信未来。

三、这首诗较弱的一句是最后一行，幸亏诗人用"相信战胜死亡的年轻"做了较好的补救。"文革"是扼杀人性的年代，幸亏有这样的诗存在而不至于留下空白。

食 指

（1948— ），原名郭路生，出生于山东莘县朝阳镇，母亲在行军途中分娩，故名路生。长于北京，自幼爱好文学，深受普希金、莱蒙托夫等诗人的影响。1968年二十岁时完成的名作《相信未来》《这是四点零八分的北京》等以手抄本的形式广为流传，影响了后来的朦胧诗人。翌年他到山西汾阳杏花村插队，后进工厂、参军，复员后曾在一家光电技术研究所工作，此后因精神疾病一直待在北京郊区的社会福利院。他是一位填补了历史空白的诗人，诗中有对待生活不抱幻想也不绝望的存在主义精神，诗风朴实而深刻，具有极强的抒情性。出版的诗集有《相信未来》《诗探索金库·食指卷》等。

（余刚 注）

宣 告[1]

北 岛

也许最后的时刻到了

我没有留下遗嘱

只留下笔,给我的母亲

我并不是英雄

在没有英雄的年代里,

我只想做一个人。

宁静的地平线

分开了生者和死者的行列

我只能选择天空

决不跪在地上

以显出刽子手们的高大

好阻挡自由的风[2]

---

1. 这首诗可看作"文革"中觉醒的一代的宣言。

2. 全诗从牢房一直写到刑场,既是写实更是虚写,否则"刽子手们"又怎能挡住"自由的风"?

从星星的弹孔里

将流出血红的黎明 [3]

> 旁白：
>
> 一、本诗的题材和视角十分独特。它使我们想起《革命烈士诗抄》里的一些作品，但是在写法上完全不一样，有受存在主义思潮影响之嫌。在视角上，作者模拟了一个场景，借这样一个不寻常的场景，很自然地说出这些"言志"的话。
>
> 二、《宣告》在形式上是一个宣言，是假设的最后时刻的话（"也许最后的时刻到了"），充满了激情和革命理想主义色彩，但是诗中这句"在没有英雄的年代里，/我只想做一个人"却与宣言这种慷慨激昂的形式形成反差，因为诗人和他的同时代人只是要求"做一个人"——一个多么微不足道的要求。看似荒谬，实则深刻。
>
> 三、诗中"宁静的地平线"一句，相当关键。它就像电影的镜头一样把场景渐渐拉远，拉向大地，拉向天空，最后固定在一个奇特的比喻上：星星的弹孔。

---

3. 从星星到弹孔，距离十分遥远。可以这样说，喻体越遥远，本体越出彩。这就是所谓的"远取喻"。

北 岛

(1949—),原名赵振开,祖籍浙江湖州,出生于北京。二十岁开始当了十一年的混凝土工和铁匠,1978年同芒克创办民间诗刊《今天》,影响深远。1989年以来,先后在欧美多个国家居住,直至加入美国籍,并入选美国艺术和科学院院士,2009年创办香港国际诗歌之夜。北岛是中国当代最具影响力的诗人,曾多次获诺贝尔文学奖提名。早期诗歌反映了从迷惘到觉醒的一代人心声,诗风冷凝,善用隐喻和悖论式警句。后期诗歌变化多端,似将激情藏得更深。他的散文作品表现出了深厚的文字功力和批评才能,也引发了不同的声音。2016年,三联书店推出《北岛集》(九卷),他编选的《给孩子的诗》(2014)也风靡一时。

(余刚 注)

池

梁秉钧

一千年那么老

镜容池[1]

把所有的山

纳入怀里

对所有嶙峋地

蹲伏在林后

苔地上的

巨石

答予温和的回声

对所有晃动

在岸边

摇着摇着头

那么多的否定的

所有的鹅

---

1. 镜容池是日本京都龙安寺内的池,池面如镜,故名。

肯定地微笑

对所有暧昧的
浅绿
棕黄
层层
如烟的朦胧
坦露清澈的面容

对池边
呆坐
走过
不知为什么笑
或是不知为什么忧伤的人
慰以不息的水流

1978年

旁白：

一、此诗表面上是写镜容池之镜，平静反映事物，但主题却是"容"字。以池水容纳众山，以"温和"回答"嶙峋",以"肯定"对待"否定",以"清澈"迎接"暧昧",以水流安慰忧伤者。

二、全诗的特点,是每段只有一句,句子长短不一,构成错落有致的节奏。正是这节奏,使我们可以反复读几遍而不厌,哪怕我们已完全知道诗中要说的道理。

三、最后一行的"慰""不息""水流"几个词,字字贴切。

梁秉钧

(1949—2013),笔名也斯,出生于广东新会,一岁到香港,四岁丧父。20世纪60年代开始在报纸的学生园地发表习作,之后开始写专栏。浸会大学外文系毕业后留学美国,获加州大学圣地亚哥分校比较文学博士学位回港,先后任教于香港大学、岭南大学。2013年因患肺癌去世。梁秉钧是较早地开创香港本土诗(也是城市诗)写作的代表性诗人,这种写作在受西方现代文学影响的背景下尤为难得。除写诗外,他也写小说、散文和评论,还是中文世界较早介绍欧美和拉美实验文学的人,有译著《当代拉丁美洲小说选》《美国地下文学选》和《法国当代小说选》。

(黄灿然 注)

阳光中的向日葵

芒 克

你看到了吗

你看到阳光中的那棵向日葵了吗

你看它,它没有低下头

而是把头转向身后

就好像是为了一口咬断

那套在它脖子上的

那牵在太阳手中的绳索[1]

你看到它了吗

你看到那棵昂着头

怒视[2]着太阳的向日葵了吗

它的头几乎已把太阳遮住

它的头即使是在没有太阳的时候

也依然在闪耀着光芒

---

1. 这几行诗既朴素,又形象,简直活灵活现。

2. "怒视"二字透露了当时一代人的觉醒。接下去的三句强化了这种色彩。

你看到那棵向日葵了吗

你应该走近它

你走近它便会发现

它脚下的那片泥土

每抓起一把

都一定会攥出血来 [3]

旁白:

一、好的诗歌总是将高明的技术隐身在真挚的情感中。这首诗就是紧紧围绕向日葵这个意象,采用了一系列复杂的拟人化手法,把向日葵写活了。它的语气轻盈而亲切,它的色调十分明快。

二、这首看似单纯的诗却包含了巨大的容量。如果你知道当时葵花与太阳的特定关系,你就会知道这首诗的分量不一般。它不仅仅是一首抒情诗。

三、这首诗作的脉络分明,视野开阔,意趣极高,特别是最后一段点石成金,盖住了全诗。

---

3. 这是本诗最惊人的诗句,这最后几句,感情达到了一个高潮,把什么都写尽了。

芒 克

（1950— ），原名姜世伟，祖籍沈阳，在北京长大。1969年到河北保定的白洋淀插队，翌年开始写诗。1976年返京，1978年与北岛共同创办令世人瞩目的文学刊物《今天》，是朦胧诗代表人物之一。90年代初，又发起创办了《现代汉诗》。他天性率真、随意，自认为"写诗只是自己的兴趣，高兴的时候就写，不高兴的时候就不写"。他的诗歌源于其天生的才气，单纯、质朴，画面感强，发自内心的抒情和出人意料的意象，给人以视觉的冲击和心灵的震撼。出版有诗集《心事》《阳光中的向日葵》《今天是哪一天》等。

（余刚 注）

阿姆斯特丹的河流

多多

十一月入夜的城市
唯有阿姆斯特丹的河流

突然[1]

我家树上的橘子[2]
在秋风中晃动

我关上窗户,也没有用
河流倒流,也没有用
那镶满珍珠的太阳,升起来了

也没有用
鸽群像铁屑散落

---

1. 节奏突兀,恰好对应于诗思的跳跃,并由此形成一种特有的诗的力量。

2. 这里的"橘子",可以理解为诗人在漂泊生涯中所想象、所"看到"的故乡的橘子树。

没有男孩子的街道突然显得空阔[3]

秋雨过后
那爬满蜗牛的屋顶
——我的祖国

从阿姆斯特丹的河上,缓缓驶过……[4]

1989 年

> 旁白:
> 一、这是诗人客居异乡期间写下的一首诗,它有一种刻骨的家国之思,但它的魅力和意义又远远超越了一般的怀乡之作。我只能说:在阔大的时空中,无尽的乡愁、多少年的爱与恨、一种流离失所的命运——这一切,找到了一个名叫多多的诗人。为了我们所受到的感动,让我们向他致意吧。
> 二、这首诗和诗人其他的诗有所不同,它平静而又强烈,它捕捉细节和创造意象的能力让人叹服:它以一棵在秋风

---

3. 这一句诗有一种时间的纵深感:它是眼前的,但也在记忆深处延伸。

4. 诗的最后一句带来的,不仅是一种幻觉般的诗意,还是一种被开启的音乐本身。

中晃动的橘子树的细节刺痛我们,到后来又以"秋雨过后/那爬满蜗牛的屋顶"的意象惹起我们的乡愁,而这个意象如此古老又如此清新,读了就让我们难以释怀。这昭示我们,那些优秀的诗人,不仅是为一个民族保存并深化记忆的人,也是在骤然间为我们揭示出诗的光辉、潜能和力量的人。

多 多

(1951—),原名栗世征,出生于北京。1969年到河北白洋淀插队,1972年开始写诗。回京后曾任职《农民日报》,后移居荷兰莱顿,入荷兰籍。2004年受聘海南大学,现居北京。出版有诗集《行礼:诗38首》《阿姆斯特丹的河流》《多多诗选》及小说、散文集多种。多多是"今天派"主要诗人之一,从早期的青春叛逆,到对盲目、黑暗命运的深度挖掘,到后来对家园神话的语言铸造,他的诗深刻折射出一代人的精神历程。更令人叹服的是其惊人的语言禀赋、独具匠心的艺术个性和不断迸发的创造力,这使他对朦胧诗后的诗人构成了一种长久的激励。多多近年也画画,并获得纽斯塔特国际文学奖等多种重要诗歌奖。

(王家新 注)

多年以前的石头

文乾义

你多年以前已经冷寂的石头。[1]

一些声音震撼你,

响在你的四周,而你始终冷寂。

你曾经发出过的令人震撼的声音,

早已成为凝固的你,因为没有回声。[2]

自那时起,像北极的天空,

你拒绝接受任何声音。[3]

> 旁白:
>
> 一、石头古老而神秘,是现代诗人喜爱的意象。但作者别出新意,从时间的对比来对石头进行描述,使全诗

---

[1] 第二人称"你"的使用,表明诗人是在同石头交谈。所以这样,是否意味着诗人把石头视为知己?

[2] 石头发出令人震撼的声音,因为没有回声而变得凝固。这里写出了石头冷寂的原因。

[3] 北极的天空是沉寂的。这里进一步突出了石头的冷寂。

充溢着一种历史感。

二、诗人用"冷寂"来概括石头,可谓得其神髓。一方面,他用声音与冷寂形成鲜明的对比,使冷寂的这一特性显得更为突出;另一方面,他又指明石头是用发出的声音"凝固"而成。"拒绝接受任何声音"则进一步强化了冷寂。

三、整首诗语言凝练,语气平稳,个别词语的重复造成了一种韵律感。石头在诗中并不带有具体的象征意义,但随着诗行的展开,它的意义却向外辐射,带给我们更多的联想。

文乾义

(1952—),出生于吉林双辽。中学毕业后到黑龙江生产建设兵团参加劳动,开始了他的诗歌创作。曾在铁路和邮电部门工作多年,现居哈尔滨,是民刊《剃须刀》的创办者之一。在我看来,文乾义是一位值得推崇的诗人,原因有二,一是他是目前诗坛上仍然坚持写作、不事张扬的年纪最大、写作年限最长的诗人;二是他的创作不断有上升趋势。大约从20世纪90年代中期,他抛弃了原来较为传统的写法,转而进入现代诗的写作,诗歌由松散变得凝练,由外在变得内在。他的诗注重经验,并显示出较强的功力。著有诗集《情人》《北大荒之恋》《别处的雨声》,中篇小说《野孩儿》,随笔集《诗意的追问》等。

(张曙光 注)

镜中的石头

周伦佑

一面镜子在任何一间屋里

被虚拟的手执着,代表精神的

古典形式。[1] 光洁的镜面

经过一些高贵的事物,又移开

石头的主题被手写出来

成为最显著的物象。迫使镜子

退回到最初的非美学状态

石头溺于水,或水落石出

一滴水银被内部的物质颠覆

手作为同谋首先被质疑

石头被反复书写,[2] 随后生根

越过二维的界限,接近固体

让端庄体面的脸孔退出镜子

---

1. "被虚拟的手执着"一句,是关键性的,它把人们的注意力引向了精神的世界。而正因为有手,才能经过一些高贵的事物。那么高贵的事物又是什么,作者并没有点明,给人以很大的想象余地。

2. 石头在本诗中代表了不可逾越的物体或物象,它不仅成为最显著的物象,而且还能迫使镜子退回到最初的非美学状态。

背景按照要求减到最少

石头打乱秩序，又建立秩序

高出想法许多，但始终在镜面以下

有限的圆被指涉和放大

更多的石头以几何级数增长

把镜子涨满，或使其变形

被手写出来的石头脱离了手

成为镜子的后天部分

更不能拿走。水银深处

所有的高潮沦为一次虚构

对外代表光的受困与被剥夺

石头深入玻璃，直接成为

镜子的歧义。一滴水银

在阳光下静静煮沸。镜子激动

或平静，都不能改变石头的意图

石头打破镜子，为我放弃写作[3]

提供了一个绝好的理由

---

3. 石头不仅能打破镜子，还可为我放弃写作提供理由。深刻表现了人在这个世界的困境。

| 旁白：

一、将直白的思想转换成一种象征的语言，这是一种新的写法，也是这首诗卓有成效的关键。诗人通过一些现实中常见的物品，展开他对人生包括写作在内的思辨与诘问。

二、由于直接在思想或精神的层面上展开，又对象征物本身进行了挖掘，使这首诗充满了丰富的内涵。沉痛的心情在诗外，但内心的活动触手可及。

三、需要注意的是诗中只说出镜子"代表精神的古典形式"，而对于石头、水银或玻璃是什么却不言，留下了很大的想象空间，使这首诗充满了张力。

周伦佑

（1952—　），重庆荣昌人，长年生活在四川西昌。"文革"期间在一制药厂烧锅炉，后在西昌农专图书馆、西南师范大学工作。1986年为首创立"非非主义"，他主持的《非非》诗刊历时二十年，影响广泛，非非主义也成为新时期文学中一个真正意义上的诗歌流派。周伦佑的诗歌特别注重思想与文本的重新构建，言辞锋利而清晰，在结构上很有造诣。著有诗集《在刀锋上完成的句法转换》《燃烧的荆棘》《周伦佑诗选》,理论著作《反价值时代》《悬空的圣殿》。主编《亵渎中的第三朵语言花》《打开肉体之门》等后现代诗丛。

(余刚 注)

我的记忆是四方形

零 雨

把我丢在箱子里
那人走了[1]

关于世界
我的记忆是四方形
关于荣誉。也是
爱情——蜷缩在角落
也是的[2]

外面的世界,有关的传说
是这样的:也日渐变成
四方形
那么就给我一杯四方形
咖啡,给我一顿四方形

---

1. 把遗弃感(丢)和窒息感(箱子里)扭合在一起,简单而有力。

2. 由于生活空间被固定了形状,这种形状成为生活状态的抽象空间,并且统治了生活的各个方面。

早餐。黄昏,必然也是

四方形。万一落日也生

成四方形,我的抽屉就

日趋完整[3]

那人向我走来

打开箱子

我的世界跟他的世界

没有两样

我还是留在箱子里

我说

他的眼神惶惑如昔

不知该走向哪只箱子[4]

| 旁白:

| 一、零雨的诗往往具有很强烈的舞台表演特征,这首诗令
| 人想起贝克特戏剧中住在垃圾桶里的人物。

---

3. 这里营造了一个超现实的荒诞景象:吃的、喝的、天气、风景以及整个世界都变成了一律方整的形状,给人异常的压抑感。

4. 最后,当"解放"到来的时刻,压抑的空间却成为业已习惯了的,离不开的地方。

二、用四方形、箱子来象征生存的逼仄，体现了现代主义诗学的抽象空间。整首诗所探讨的正是人与这种空间的种种关系。

三、这首诗深入地揭示了外在压制与内在压抑的辩证法。外在压制的解除或许指日可待，但内在压抑往往是更为痛切的，令人难以自拔的。

零 雨

（1952— ），原名王美琴，出生于台北县。台湾大学中文系毕业后赴美，获威斯康星大学文学硕士，后来又赴哈佛大学访问写作，现执教于宜兰大学。早年写作小说，1983年始转向现代诗写作，1993年以长诗《特技家族》获尔雅年度诗奖。她的诗善于营造表演化、形式化的场景，表达对世界、对人类关系的冷静体验与洞察。曾为现代诗社同人，现任《现在诗》杂志编委。著有《消失在地图上的名字》《木冬咏歌集》《关于故乡的一些计算》《我正前往你》《田园／下午五点四十九分》等诗集。

（杨小滨 注）

我和太阳之间隔着一个你

严 力

我和太阳之间隔着一个你

你拥有两种光芒

你将感受我和太阳

谁的目光更亮更痴迷 [1]

我和太阳都与你保持着

春天所需要的距离 [2]

你四季如春

从来没有青黄不接的忧虑

我和太阳之间隔着一个你

你面朝着太阳

背对着我 [3]

你虽然背对着我

但你迟早会发现

---

1. 把怀有炽热爱情的"我"想象成像太阳一样亮堂的光源,当然,还有太阳所没有的执著不移。

2. "春天所需要的距离",指的是温暖所需要的恰当距离感,它不会造成酷热或严寒。

3. 直到这里,我们才发现"你"朝向的并不是"我",但这里诗的情绪并不低调。

你脚下的影子

直直地

朝向太阳[4]

> 旁白：
>
> 一、诗人严力也是一位画家，本诗的画面感非常强烈，营造了一个简单而超现实的场景。
>
> 二、严力创造了一个悖论：在朝向光明的时刻，却发现面对的是阴影，而更光明的其实来自另一个方向。
>
> 三、可以肯定的是，诗的创造与上帝的创造是类似的，不需要证明，不需要原因或条件。诗人要他的爱比太阳更亮，于是就比太阳更亮。

严　力

（1954—　），祖籍浙江宁波，出生于北京，20世纪70年代开始写作现代诗，为《今天》派的成员之一，同时

---

4. 或许，只有背朝向"我"，才可以看见"我"照出的影子，才得以感受到，来自我的爱的光芒比太阳光更亮。

也是"星星画派"的画家之一。此后赴美留学，1987年在纽约创办、主编海外中文诗刊《一行》。现居上海和西雅图，从事绘画和写作。他或许是当代最早尝试巧智意味的诗人，他的作品以精短的小诗为主，追求喜乐的智性，充满对人类和世界的积极思考。已出版诗集《这首诗可能还不错》《黄昏制造者》《多面镜旋转体》《悲哀也该成人了》和小说集《纽约不是天堂》《带母语回家》等，并在多个国家举办过画展。

（杨小滨 注）

在漫长的旅途中

于 坚

在漫长的旅途中

我常常看见灯光

在山冈或荒野出现

有时它们一闪而过

有时老跟着我们

像一双含情脉脉的眼睛

穿过树林跳过水塘

蓦然间　又出现在山冈那边

这些黄的小星

使黑夜的大地

显得温暖而亲切

我真想叫车子停下

朝着它们奔去

我相信任何一盏灯光

都会改变我的命运

此后我的人生

就是另外一种风景

但我只是望着这些灯光

望着它们在黑暗的大地上

一闪而过　一闪而过

沉默不语　我们的汽车飞驰

黑洞洞的车厢中

有人在我身旁熟睡

1986年10月

旁白：

一、任何曾乘坐长途汽车在黑夜的大地上奔驰的读者，都会觉得这首诗写得真实而动人，因为诗中所述几乎是任何人都会有的经验、和感觉。这经验、这感觉就是诗，即是说，任何沉浸于这经验、这感觉的人，此刻都是诗人了。只不过我们所称的诗人例如于坚，拥有把这经验和感觉转化为文字的出色的转码器。

二、"有时老跟着我们／像一双含情脉脉的眼睛／穿过树林跳过水塘"，这是指诗人凝视灯光，也就是说，含情脉脉的其实是诗人的眼睛；同样地，是汽车在飞驰，给望出窗外、凝视灯光的诗人造成了穿过树林跳过水塘的感觉。

三、"我相信任何一盏灯光／都会改变我的命运"，这里指任何一盏灯光都包含无限的可能性。譬如那里可能有一位寂寞而温柔的女人,说不定我就爱上她了,从此定居下来,或带她去天涯海角,坐着长途汽车。

四、最后一行回到现实,我身边的人正在熟睡。这一笔使整首诗显得更真实,因为我们看累了、幻想累了,总要收回目光,瞧一瞧身边的乘客。

于 坚

(1954—),生于昆明。十六岁进工厂做工,二十六岁考入云南大学中文系,毕业后担任一家小杂志的编辑,现任教于云南师范大学文学院,曾获鲁迅文学奖、华语传媒文学诗人奖等。大学期间于坚与韩东等人创办《他们》,包括《尚义街六号》在内的许多早期作品都发表于这个刊物。后来他逐渐以更独立的姿态示人,并提出自己的诗学主张,如"拒绝隐喻"。除写诗外,也写随笔、剧本,著有五卷本的《于坚集》。这是他的一段自述:"我表达的是基本的东西,而很多人写的东西都是突发奇想,都是脱离日常经验的东西。我的经验是普遍性的,我写的是盐巴。"他还自称,由于听觉不好,所以较重视用眼睛观察事物。

(黄灿然 注)

战争交响曲

陈 黎

兵兵兵兵兵兵兵兵兵兵兵兵兵兵兵兵兵兵兵兵
兵兵兵兵兵兵兵兵兵兵兵兵兵兵兵兵兵兵兵兵
兵兵兵兵兵兵兵兵兵兵兵兵兵兵兵兵兵兵兵兵
兵兵兵兵兵兵兵兵兵兵兵兵兵兵兵兵兵兵兵兵
兵兵兵兵兵兵兵兵兵兵兵兵兵兵兵兵兵兵兵兵
兵兵兵兵兵兵兵兵兵兵兵兵兵兵兵兵兵兵兵兵
兵兵兵兵兵兵兵兵兵兵兵兵兵兵兵兵兵兵兵兵
兵兵兵兵兵兵兵兵兵兵兵兵兵兵兵兵兵兵兵兵
兵兵兵兵兵兵兵兵兵兵兵兵兵兵兵兵兵兵兵兵
兵兵兵兵兵兵兵兵兵兵兵兵兵兵兵兵兵兵兵兵
兵兵兵兵兵兵兵兵兵兵兵兵兵兵兵兵兵兵兵兵
兵兵兵兵兵兵兵兵兵兵兵兵兵兵兵兵兵兵兵兵
兵兵兵兵兵兵兵兵兵兵兵兵兵兵兵兵兵兵兵兵
兵兵兵兵兵兵兵兵兵兵兵兵兵兵兵兵兵兵兵兵
兵兵兵兵兵兵兵兵兵兵兵兵兵兵兵兵兵兵兵兵
兵兵兵兵兵兵兵兵兵兵兵兵兵兵兵兵兵兵兵兵
兵兵兵兵兵兵兵兵兵兵兵兵兵兵兵兵兵兵兵兵
兵兵兵兵兵兵兵兵兵兵兵兵兵兵兵兵兵兵兵兵[1]

---

1. 整齐划一的"兵"以方阵形式列队出场,展示出战争表面上的雄壮感和正义感。

兵兵兵兵兵兵兵兵兵兵兵兵兵兵兵兵兵兵

兵兵兵兵兵兵兵兵兵兵兵兵兵兵兵兵兵兵

兵兵兵兵兵兵兵兵兵兵兵兵兵兵兵兵兵兵

兵兵兵兵兵兵兵兵兵兵兵兵兵兵兵兵兵兵

兵兵兵兵兵兵兵兵兵兵兵兵兵兵兵兵兵兵

兵兵兵兵兵兵兵兵兵兵兵兵兵兵兵兵兵兵

兵兵兵兵兵兵兵兵兵兵兵兵兵兵兵兵兵兵

兵兵兵兵兵兵兵兵兵兵兵兵兵兵兵兵兵兵

兵兵兵兵兵兵兵兵兵兵兵兵兵兵兵兵兵兵

兵兵兵兵兵兵兵兵兵兵兵兵兵兵 乓乓乓 乓

乓乓　乒乒乒乒　乓　乓　　乒乒　　　乓乓　乒乒

乒乓　　乒乒乒乓　乒　乓　乒　乒乓乒　　乒　乓

　　乓乓　乒　乒乓　乓　乒　　乓　乒　乓　　乒

乒　　　　乒乓　　　　乓　　　　乒　乒

乒　　乒　　乒　　乒　　　乒

乓　　　　　　　　　　　乒[2]

丘丘丘丘丘丘丘丘丘丘丘丘丘丘丘丘丘丘丘丘

丘丘丘丘丘丘丘丘丘丘丘丘丘丘丘丘丘丘丘丘

---

2. 接着，在"乒""乒""乓""乓"的兵器声或枪炮声中，厮杀的场面开始了，越来越多的"兵"变成了缺胳膊少腿的"乒"和"乓"，而本段末六七行不断递增的空格更显出示了命殒沙场的凄惨景象。

丘丘丘丘丘丘丘丘丘丘丘丘丘丘丘丘丘丘丘丘丘
丘丘丘丘丘丘丘丘丘丘丘丘丘丘丘丘丘丘丘丘丘
丘丘丘丘丘丘丘丘丘丘丘丘丘丘丘丘丘丘丘丘丘
丘丘丘丘丘丘丘丘丘丘丘丘丘丘丘丘丘丘丘丘丘
丘丘丘丘丘丘丘丘丘丘丘丘丘丘丘丘丘丘丘丘丘
丘丘丘丘丘丘丘丘丘丘丘丘丘丘丘丘丘丘丘丘丘
丘丘丘丘丘丘丘丘丘丘丘丘丘丘丘丘丘丘丘丘丘
丘丘丘丘丘丘丘丘丘丘丘丘丘丘丘丘丘丘丘丘丘
丘丘丘丘丘丘丘丘丘丘丘丘丘丘丘丘丘丘丘丘丘
丘丘丘丘丘丘丘丘丘丘丘丘丘丘丘丘丘丘丘丘丘
丘丘丘丘丘丘丘丘丘丘丘丘丘丘丘丘丘丘丘丘丘
丘丘丘丘丘丘丘丘丘丘丘丘丘丘丘丘丘丘丘丘丘
丘丘丘丘丘丘丘丘丘丘丘丘丘丘丘丘丘丘丘丘丘
丘丘丘丘丘丘丘丘丘丘丘丘丘丘丘丘丘丘丘丘丘[3]

旁白：

一、首先，这是一首图像诗，通过文字的字形及其排列来展示出战争的辉煌开端、残酷过程和悲剧终结。

---

3. 最后，与第一段同样整齐的方阵却是连"乒""乓"的残腿都失去之后成了一片坟冢的"丘"——这是战争带来的死亡结局。"丘"的字音也暗示了"秋"风萧瑟的荒凉感。

二、与图像结合在一起的还有强烈的声音元素,这也是本诗标题中"交响曲"的意涵。

三、这首诗呼应了古典诗中"一将功成万骨枯"和"古来征战几人回"的意蕴,不过切入路径不是现实的惨烈场景,而是汉字本身作为能指符号的惊人残骸。

陈 黎

(1954—),本名陈膺文,台湾花莲人,台湾师范大学英语系毕业,长期担任中学英语教师,现已退休。曾获时报文学奖叙事诗首奖,联合报文学奖新诗首奖,台湾文学奖新诗金典奖等。2005年获选"台湾当代十大诗人"。2006年起,任花莲"太平洋诗歌节"策划人。陈黎的许多诗具有强烈的探索性,是台湾后现代诗的代表诗人,在图像诗及其他形式实验上做出了相当的贡献,他的诗往往通过创造性的表达来表现独特的社会历史关怀。著有诗集《庙前》《岛屿边缘》《轻/慢》等十余种,与夫人张芬龄合译的诗集《万物静默如谜:辛波斯卡诗选》《拉丁美洲现代诗选》等也在华文读者中具广泛影响。

(杨小滨 注)

森林中的暴力

杨 炼

纠缠的被扭断的脖子上　天空竖起翻领[1]

口号还在冒烟　天空已开始吃肉

树林低下头　而天空远远地笑[2]

木桩堆着　天空忘记了

这是你每天看见的暴力

群居的绿色的脚

一阵死寂又一阵死寂地走向死后

听到天空　满意地在背后填土

雷雨　把你变成一块湿漉漉的案板

刀剁在腰上多么悦耳

阳光的唱针划破年轮　不再刺耳[3]

树身　努力接近了废弃的真实

这是每天的暴力

---

1. "被扭断的脖子",指被砍伐的树木。而天空"竖起翻领"的姿态显示出傲慢。

2. "远远地笑",突出了暴力的无情。比起那种狂怒式的暴力,"笑"显得更加阴险。

3. 剁在腰上的声音之"悦耳"(具有强烈的反讽意涵),要比"刺耳"更恐怖。

天空　砍伐森林因为它正变成人 [4]

因为人每天不流血

像你欣赏着　宁静中自己不停地抽搐

这是每天

> 旁白：
>
> 一、这首诗在各种奇特的隐喻下，控诉了人类以砍伐森林来毁灭自然生命的暴行。
>
> 二、诗人营造了一种末日般的气氛，用令人痛楚的词语"扭断""吃肉""剁""抽搐"等给予读者具体的痛感。
>
> 三、虽然描写的是森林砍伐，这首诗也可以读作是对一般暴力的揭示，因为这样的暴力不仅存在于人与自然之间，也存在于人类自身之间。因此暴力也成为杨炼诗歌时常出现的主题。

---

4. 往往是因为只有压制生命的成长，暴力才能减少对暴力本身的威胁。

杨 炼

（1955— ），出生在伯尔尼的中国外交官家庭，在北京长大。1988年赴澳大利亚，后入新西兰国籍。曾长住伦敦，现主要在柏林居住，亦在汕头大学任讲座教授。20世纪70年代后期开始写诗，成为《今天》杂志的主要作者，"朦胧诗"的代表人物之一。1983年以长诗《诺日朗》引起争议，与江河同为诗歌寻根派的代表。1987年与芒克、多多、唐晓渡等创立"幸存者"诗人俱乐部。著有《大海停止之处》《同心圆》《艳诗》《叙事诗》等多部诗集，曾获首届天铎长诗奖、意大利卡普里诗歌等奖项。他的诗风格奇诡浓郁，激昂跌宕，深具中国古典诗学的内在意蕴。

（杨小滨 注）

我得到了所有的钥匙[1]

王小妮

正是我飞　经过的地方
太阳用我的眼睛翻动欧洲[2]
屋顶安静地让银片们滑动。

交给我钥匙的老人
这多子女的母亲扬开白绸的肩膀。
她说你将能打开所有的门。

这一刻大地做出推的手势[3]
无数穹顶突起
古老的宫殿闪烁从古到今的光。

我接近只有君王出入的拱门。

---

1. 这首诗是组诗《穿越别人的宫殿（五首）》中的一首。全为访问欧洲之作。其题目十分有趣：穿越别人的宫殿。

2. 因为是在飞行中，所以可用"眼睛翻动欧洲"。

3. 这是本诗最出彩的一句，几乎可看成是从天外飞来。

麦田像金发少年

把头探向山顶空洞的城堡。

我要在未成年人沉思的这个傍晚

激活欧洲钥匙。

一切都能打开吗？

长椅上的醉汉像鹰突然飞起

摸索全身的金属拉链。

钥匙的牙齿小动物一样划过。

侍者起伏的脸朝向我

那浅如平原的笑

深不可测。

深密的森林布满交叉小路。

大地无门无锁在云下走动。

世界已经早我一步

封闭了全部神奇之门。

旁白：

一、这首诗的气势之大，超过了作者其他的作品。一般而言，气势大的作品难以把握，容易流于空泛。但这首诗较好地处理了两者的关系，特别是从第一段到第二段的过渡是一个关键。"交给我钥匙的老人"和"她说你将能打开所有的门"，这两个写实的句子，也因此成为全诗的真正起点和中心意象。

二、而第三段十分突兀，可谓异军突起。但仔细一想，又觉十分合理，因为钥匙、门、宫殿这样的顺序顺理成章。这首诗的紧凑可见一斑。而宫殿，在这里代表了欧洲。所以作者可以直接在诗中写道：激活欧洲钥匙。一切都能打开吗？

三、本诗的标题是"我得到了所有的钥匙"，而到了结尾，却变成了"大地无门无锁在云下走动。世界已经早我一步／封闭了全部神奇之门"。原因是连侍者那浅如平原的笑，都"深不可测"。看来，欧洲的内涵相当丰富，作为旅游者或访问学者最多也只能轻轻掠过。

王小妮

（1955— ），出生于长春，1982年毕业于吉林大学，在校时与徐敬亚等人一起编辑诗歌刊物《赤子心》,毕业后做了电影文学编辑。1985年移居深圳,现任教于海南大学人文传播学院。王小妮是一个对生活十分敏感的诗人,她的诗歌(还有散文、随笔、小说)包含更多的是其本人的经历,她认为,现代社会的不倾听,是世界之病。其诗歌优雅而锐利,语言简单而富有活力,特别是最近的作品,颇受瞩目。2003年,她获得了"华语文学传媒大奖"年度诗人奖。著有诗集《我的诗选》《我的纸里包着我的火》《半个我正在疼痛》,随笔集《一直向北》《上课记》《看看这世界》,小说集《1966年》等。

(余刚 注)

独 白

翟永明

我,一个狂想,充满深渊的魅力

偶然被你诞生。[1] 泥土和天空

二者合一,你把我叫作女人

并强化了我的身体[2]

我是软得像水的白色羽毛体

你把我捧在手上,我就容纳这个世界[3]

穿着肉体凡胎,在阳光下

我是如此炫目,使你难以置信

---

1. "我,一个狂想,充满深渊的魅力",句式独特,口气坚决;修辞诡奇,有一种神秘的毁灭性力量。如此描述"我"的诗句,新诗中极少见,也许郭沫若的《天狗》《女神》等诗作有此豪情,却比这首少了些神奇。诞生的偶然性,增强了"我"——女人命运的特殊性。

2. "深渊""泥土""天空"这几个描述"女人"的意象非常新异,从词面看富有神秘感、危险性、生殖力、幻想色彩,同时,还结合了远古造人神话的因素,如盘古开天地,女娲团土造人等,从而"强化"了诗人对丰厚而结实的女性主体性的体认。

3. "软得像水的白色羽毛体"这个复合比喻也丰富了"女性"主体的神秘感和美感。"容纳这个世界"一句中的"世界"与前面的"泥土""天空"等意象一样开阔、深邃,并带有普遍性。

我是最温柔最懂事的女人

看穿一切却愿分担一切

渴望一个冬天,一个巨大的黑夜[4]

以心为界,我想握住你的手

但在你的面前我的姿态就是一种惨败[5]

当你走时,我的痛苦

要把我的心从口中呕出

用爱杀死你,这是谁的禁忌?[6]

太阳为全世界升起!我只为了你

以最仇恨的柔情蜜意贯注你全身

从脚至顶,我有我的方式[7]

一片呼救声,灵魂也能伸出手?

大海作为我的血液就能把我

---

4. "温柔和懂事"一般用以形容美好的性格(多指女性)和成长中的孩童,而修饰"女人"这样的直陈在此诗中反而有了一种沉痛的力量。"看穿一切"即为"懂事","分担一切"似指"温柔"。前两行看似具体的实写,而接着对"冬天"与"黑夜"的渴望,又将诗意带往一种普遍而抽象的意义层面。

5. "以心为界",却"想握住你的手",为情感的付出和索取设定了理智的限度,但又仿佛一往情深。因而,"在你的面前我的姿态就是一种惨败",就是必然,就是命运,也许还有一种不甘。

6. 痛苦能把心呕出,再次出现的"心"的意象,将情感、命运和禁忌等赋予女性的特殊含义进一步强化。

7. "最仇恨的柔情蜜意",多么矛盾,多么极端,也许这便是爱的真相。

高举到落日脚下,⁸ 有谁记得我?

但我所记得的,绝不仅仅是一生⁹

1984 年

旁白:

一、《独白》是翟永明完成于 1984 年的由二十首短诗构成的大型组诗《女人》中的一首。组诗《女人》,正如批评家唐晓渡所言:"作为一个完整的精神历程的呈现,《女人》事实上致力于创造一个现代东方女性的神话:以反抗命运始,以包容命运终。"(《女性诗歌:从黑夜到白昼》)

二、"你"在这首诗中是一个非常独特的对象。与"我"相对,"你"可以指一个男人,或总体意义上的男性,也可以代表象征的爱的抒发对象。

三、"独白"本是一种戏剧表达形式,用为诗题,"独"者,个体也,"白"乃告白之意,强调这是一首由抒情主人公(诗人在诗中选择的主要抒发者)陈述自我、展现自我的

---

8. 呼救声、伸出手的灵魂、大海的血液、高举到落日下的我,这些意象构成了一幅极富视觉效果的图画,而且是表现主义风格的绘画。

9. "有谁记得我"一句反诘,意思是大概谁也不记得我,"而我所记得的",强调"我"的记忆的积极性和超越性。因此,女性的主体性就是这样,通过"我"的记忆的书写而得以确立。

抒情诗。

四、此诗节奏感强,由紧张而敏锐的情绪传达而构成一种音乐性,诗虽不强调押韵,但读来仍有一种旋律贯穿始终,诵读效果颇佳。

翟永明

(1955—),祖籍河南孟县,出生于成都。1980年毕业于成都电讯工程学院,旋至某物理所工作,1986年离职。1984年完成组诗《女人》,翌年发表后产生重大影响,被誉为"女性诗歌"在中国的发轫与代表作。她"一直在风格上寻求各种可能性",诗风由早期的神秘、复杂,渐渐转向清峻、硬朗。1998年与友人在成都合开白夜酒吧,策划了一系列有影响的艺术活动。主要作品有诗集《女人》《称之为一切》《随黄公望游富春山》,随笔集《纸上建筑》《坚韧的破碎之花》等。曾获中坤诗歌奖,意大利 Ceppo Pistoia 文学奖,华语文学传媒大奖杰出作家奖等。

(周瓒 注)

丧 歌

顾 城

敲着小锣迎接坟墓
吹着口笛迎接坟墓[1]
坟墓来了[2]
坟墓的小队伍[3]
戴花的
一小队坟墓[4]

| 旁白：

一、描写死亡之无可逃避性，即英文之中的"必死性"。
因为有限性，所以生命才具备些微的意义。

二、篇幅尽管短小，却异常深刻。为什么这么说呢？短
诗的承载能力本是有限的，如果是格言体（英文中有

---

1. 两种乐器的演奏方式，都是为了同一目的。

2. 借助视觉误差隐喻死亡的主动性。

3. 暗喻坟墓情状，也有双关之义，送葬队伍本身也是未来的坟墓。

4. 重复，以强化两支队伍（坟墓的队伍和送葬的队伍）或两队坟墓（现实的坟墓和未来的坟墓）。

一个专门的词叫"警句性"),那么短诗还是能够达到一定的深度的,但顾城在仅仅的六句之中没有使用格言,而是使用比较隐晦的意象来表现生命观、死亡观,则让我不得不感佩他的文字功力。

三、死亡是必然或宿命,所以人类必须坦然面对死亡,热爱生命。联想作者终局,其死也悲乎,更是一种庄重的警醒。

顾 城

(1956—1993),生于北京。十二岁辍学放猪,开始写作。1973年开始学画,次年回京在厂桥街道做木工。1977年重新开始写作,并成《今天》杂志主要同人。1980年初单位解体,失去工作,从此过漂游生活。1987年出访欧美进行文化交流、讲学活动。1988年赴新西兰,被聘为奥克兰大学亚语系研究员,后辞职隐居激流岛。1992年获德国DAAD创作年金,在德国写作。1993年在新西兰杀妻之后,自杀身亡。著有诗集《舒婷、顾城抒情诗选》《黑眼睛》《北岛、顾城诗选》。去世后,其父顾工编辑出版《顾城诗全编》。早期其诗多以孩子视角出现,诗风清澈而纯真,后期诗歌较为晦涩。

(桑克 注)

在 清 朝

柏 桦

在清朝

安闲和理想越来越深

牛羊无事,百姓下棋[1]

科举也大公无私

货币两地不同

有时还用谷物兑换

茶叶、丝、瓷器

在清朝

山水画臻于完美

纸张泛滥,风筝遍地

灯笼得了要领

一座座庙宇向南

1.柏桦是当代诗歌中的语言魔法师之一,他善于驾驭清爽的古风闯入当代性的核心地带,制造一连串令人应接不暇的意外,有些时候,在他的笔下,我们会突然忘记汉语,或者说汉语的诗歌,竟然还是有古今之分的。这首诗中的"牛羊无事,百姓下棋"还有后面很多类似的表达都体现了这种特色,找准了文言文和现代汉语、骈文节奏和急智抒怀之间可通约的部分,制造出一种独一无二的"柏桦体"。

财富似乎过分

在清朝
诗人不事营生、爱面子
饮酒落花、风和日丽
池塘的水很肥
二只鸭子迎风游泳
风马牛不相及 [2]

在清朝
一个人梦见一个人
夜读太史公、清晨扫地
而朝廷增设军机处
每年选拔长指甲的官吏

在清朝
多胡须和无胡须的人
严于身教、不苟言谈
农村人不愿认字
孩子们敬老

---

2. 特别要注意的是,这里的"二只鸭子"如果按照正常的表达换成"两只鸭子",就会大失神采。柏桦的诗中充满这种没有道理的道理、不容分说的分说,效果极其强烈。

母亲屈从于儿子

在清朝

用款税激励人民

办水利、办学校、办祠堂

编印书籍、整理地方志

建筑弄得古色古香

在清朝

哲学如雨、科学不能适应

有一个人朝三暮四

无端端地着急

愤怒成为他毕生的事业

他于1840年死去[3]

3.1840年爆发的鸦片战争被认为是自足的中国古代文化气象开始走向衰微的起点,考虑到这一点,我们就会明白为什么这一节里的"他"会"无端端地着急",以致"愤怒成为他毕生的事业",同时,我们也会进一步明白,这首诗所咏怀的"清朝"在作者的文化情感坐标里到底指代了什么:"清朝"不仅仅是清朝,它是作者心目中臻于完美却又"突然死亡"的中国古代文明形态以及这种形态之下的个人修为的全面浓缩。

旁白：

一、柏桦的这首诗里有很多超越了线性逻辑和类属逻辑、剔除了无关修饰的语句，这些语句正是诗歌之所以成为诗歌的"硬通货"，若将之一一填充，还原成为一篇咏古的散文，则异趣全无、兴味顿失。实际上，这首诗与其说它是咏古不如说它是在游仙，只不过，诗中神游的仙境是带着强烈的个性投射的历史。

二、这首诗阴阳而不怪气，紧凑却又遍布通风口，抒怀的庄严中夹杂诙谐的剪切，清涩的背后是浓酽的文化怀乡症，虽然写得参差错落，但默读起来却格外地朗朗上口，所以，这首诗流传非常之广，已经成为柏桦个人乃至20世纪80年代中国诗歌的经典篇目之一。

柏 桦

（1956—　），生于重庆。1982年毕业于广州外国语学院，曾在南京逗留，后长期居住在成都，现执教于西南交通大学。柏桦是20世纪80年代"第三代诗歌"运动中影响力最大的诗人之一，早年的诗歌湍急、热忱、警幻，带着迷人的神经质，招来众多无效的模仿，后来日趋从容、内敛，苦修一门自由穿梭于古今之间的"柏式心法"。为了让内心的加速度减速,他甚至把自己的儿子起名为柏慢。2010年后柏桦再度进入创作和批评的繁荣期,引起巨大的反响。著有诗集《表达》《望气的人》《往事》《一点墨》《为你消得万古愁》等,文集《左边》和《今天的激情》亦展示了他非凡的散文写作才华。

(胡续冬 注)

落 日

欧阳江河

落日自咽喉涌出,
如一枚糖果含在口中。
这甜蜜、销魂、唾液周围的迹象,
万物的同心之圆、沉没之圆、吻之圆[1]
一滴墨水就足以将它涂掉。
有如漆黑之手遮我双目。

哦疲倦的火、未遂的火、隐身的火,
这一切几乎是假的。
我看见毁容之美的最后闪耀。

落日重重指涉我早年的印象。
它所反映的恐惧起伏在动词中,
像拾级而上的大风刮过屋顶,
以微弱的姿态披散于众树。

---

1. "同心之圆"一语,将落日置于世界的中央。"吻之圆",又将落日比作天地阴阳交合的太一的象征。但下文却笔锋一转,消解了所有的完美和终极。

我从词根直接走进落日，

他曾站在我的身体里，

为一束偶尔的光晕眩了一生。²

落日是两腿间虚设的容颜，

是对沉沦之躯的无边挽留。³

但除了末日，没有什么能够留住。

除了那些热血，没有什么正在变黑

除了那些白骨，没有谁曾经是美人

一个吻使我浑身冰凉。⁴

世界在下坠，落日高不可问。

旁白：

一、这首诗结合了抒情和陈述，充满了各种似是而非的隐喻，诸如糖果、火、吻……也可以说是由落日来联想各种即将逝去的美。

二、欧阳江河善于营造互相矛盾冲突的语词和感受。落日

---

2. 太阳作为语言的、意识形态的符号成为自我的内在，也迷惑了人的一生。

3. 由太阳，或许联想到了阳物。但是它已经颓萎，只能作为符号的"虚设"。

4. 令人"浑身冰凉"的（原本是温暖或热烈的）吻，用来指涉黄昏时令人感觉凉下来的（原本应当是炽热灼烧的）落日。

既是壮美,又是壮美的陨落。因此才有了那三行"除了……没有……":似乎只有美本身才蕴含了美的死亡。

三、欧阳江河的诗常常带有各种武断的陈述。这种武断也可以说是对无常自然和严酷历史的有力揭示。

欧阳江河

(1956—),出生于四川泸州的一个军人家庭,原名江河,由于朦胧诗人江河诗名已盛,遂用此笔名。早年曾任军中文职,后任职于四川社会科学院。20世纪90年代滞留美国数年,现居北京,曾以独立艺术策划谋生,并擅书法及古典音乐评论。他是朦胧诗之后的重要诗人和诗论家,曾获华语传媒文学杰出作家奖。80年代初以结合古汉语的长诗《悬棺》成为新古典主义的代表,不久诗风即变,擅长将感性与理性、诡辩与真实、此刻与彼岸糅合在一起,发展了一种具有矛盾修辞特色的诗学样式。出版的诗集有《透过词语的玻璃》《谁去谁留》《凤凰》《如此博学的饥饿》等,另著有诗论集《站在虚构这边》。

(杨小滨 注)

1965 年

张曙光

那一年冬天,刚刚下过第一场雪

也是我记忆中的第一场雪[1]

傍晚来得很早。在去电影院的路上

天已经完全黑了

我们绕过一个个雪堆,看着

行人朦胧的影子闪过——

黑暗使我们觉得好玩

那时还没有高压汞灯

装扮成淡蓝色的花朵,或是

一轮微红色的月亮[2]

我们肺里吸满茉莉花的香气

一种比茉莉花更为冷冽的香气

(没有人知道那是死亡的气息)

那一年电影院里上演着《人民战争胜利万岁》

---

1. 请参见洪子诚在《中国当代新诗史》中对张曙光诗的评述:"雪在他的诗中不仅是布景,它既是经验的实体,也是思绪、意义延伸的重要依据:有关温暖、柔和、空旷、死亡、虚无等。"

2. 在回忆过去的同时还穿插着对现在的讽刺。

在里面我们认识了仇恨和火

我们爱看《小兵张嘎》和《平原游击队》

我们用木制的大刀和手枪

演习着杀人的游戏[3]

那一年,我十岁,弟弟五岁,妹妹三岁

我们的冰爬犁沿着陡坡危险地滑着

滑着。突然,我们的童年一下子中止

当时,望着外面的雪,我想

林子里的动物一定在温暖的洞里冬眠

好度过一个漫长而寒冷的冬季[4]

我是否真的这样想

现在已无法记起

> 旁白:
>
> 一、《1965年》是人们谈论20世纪90年代诗歌的"叙事性"时经常提到的一首诗。它和那种青春期的抒情的确不大一样,在这首诗里,诗人以"叙事"的方式

---

3. 从一个侧面写出了一代人在那个时代的成长史,让人感到亲切,但又不能不去反思。

4. 诗最后的联想使静与动、洞里与外面、温暖与寒冷、动物(自然)与人类生活(历史)形成对照,也寄寓了诗人对永远失去的童年的怀念。

展开对岁月的回忆,并在这种叙述中尽力捕捉那些难忘的、对一生都有意义的经验(比如被吸入肺部的因为雪而变得更为冷冽的"茉莉花的香气"、对革命电影的模仿、与快乐而又危险的少年时代相关联的"冰爬犁"细节,等等),这有点类似于电影的叙事手法,比如闪回、特写、过去与现在交错并置,等等。在诗的最后叙事人又回到了现在——"我是否真的这样想／现在已无法记起",但这并不重要,重要的是通过这种方式,诗人在一种更开阔深远的视野中看到了自己和一代人的早年。

二、诗的最后一部分十分精彩动人,冰爬犁沿着陡坡危险地滑着,"突然,我们的童年一下子中止",诗人以这种出乎意料的方式使他的童年永远地定格在那里。这一句看似突如其来,像绳子绷断似的,却十分耐人寻味:想一想诗题《1965年》,想一想接下来将在中国大地和每一个家庭里发生的一切,想一想从电影里认识的"仇恨和火",就不难理解诗人为什么这样写。1965年冬,意味着一个童真时代的结束。

张曙光

（1956— ），黑龙江望奎人。从小喜爱文学，1978年上大学后开始写诗，最初受到普希金的影响，后来接触到西方现代诗歌，诗风发生变化。大学毕业后在省报副刊任编辑多年，现任教于黑龙江大学文学院。张曙光的诗风格温和、凝重，富有艺术功底和控制力，注重对当下经验的挖掘，并带有内省的性质，是20世纪90年代以来有持续影响的诗人之一，著有诗集《小丑的花格外衣》《午后的降雪》等，译有《切·米沃什诗选》和但丁的《神曲》等。他曾获得首届"诗建设"奖、"诗歌与人"奖。除了少数几次赴欧美诗歌旅行以外，他一直生活在偏远的哈尔滨。

（王家新 注）

与槐树无关

孙文波

几树槐花如云升腾,向洁白

致意[1]——我的心这时候少年狂放,

站得比鸟还高一尺——有风乱卷,

也无法阻止我。我说谢谢。

意思是我看见了孤独的美

——那些来自经验的判定,这时不管用;

美就是无法形容,就是我想到一年一次

的轮回对于它们是真实,对于我却不是。[2]

使我目睹而忧伤。我说:洁白啊!

想到云的聚散在高处看得更明白:

一场空,场场空[3]——想到我的长辈也与我

一样,他们说物我相聚人无长形。我只有

梦中与他们相聚。这是怎样的相聚

——我,见物赋形,是槐花的同志。

---

1. "如云升腾"和"向洁白致意"都是暗示着槐花和云有相近之处,或是槐花倾慕云朵并加以仿效。把花比作云是一个老套,但这样婉转地写来就有了新鲜感。

2. 花每年可以重开,人却年复一年地老去。

3. 由洁白想到云,由云想到聚散,进而想到了空。由物及人。

旁白：

一、孙文波写了一组"无关"的诗，这首诗是其中的一首。从标题上看，显然是一种欲盖弥彰，因为说与槐树无关，但其实仍是在写槐树（甚至可以说是精彩地描写出了槐树的神态）。但这并不是一首咏物诗，诗人另有深意。作者是想通过这种"无关"来告诉读者，槐树也好，或是其他物象也好，只是把我们带入诗人想象和经验世界的一个切入点。因此，这首诗与其说是在写槐树，毋宁说是在写由槐树引发出的诗思。

二、这首诗由槐树的美联想到一种抽象的孤独的美，又由这种抽象的美联想到经验判定（"洁白"）和人生的无常（"聚散"）。诗也是由具体转移到抽象的思考，但诗人所用的语言仍是生动可感的，思维又流动跳宕，因此读起来并不感到枯燥，反而有一种理趣在。

孙文波

（1956— ），出生于成都。早年从军，1979年复员后到一家汽修厂当技工，后受一家报社委派到了北京，2009年移居深圳。他在20世纪80年代开始诗歌创作，曾参与创办《九十年代》《反对》《小杂志》等民刊，著有《地图上的旅行》《给小蓓的歌》《孙文波的诗》《与无关有关》《新山水诗》等诗集。他大力提倡诗歌中的叙事性,并身体力行,成为90年代诗歌的代表性人物。孙文波的诗风稳健,情感深挚,独树一帜。在当代诗坛上,似乎很少有人能像他那样写得厚重,这可能与他的性格有关,也可能是他美学上有意识的追求。

(张曙光 注)

手上的灯盏[1]

潞潞

为了看清夜空中的星星

且熄灭我们手上的灯盏

白昼如此虚幻。只有
这样的夜晚可以轻声歌唱[2]

我把手搭在年迈母亲的膝上
却无须看着亲人的眼睛[3]

当然,黑暗的隐蔽者还有
栖息在稀疏枝柯上的鸟类
它们小小的心被翅膀裹紧

---

1. 这首诗选自《潞潞无题诗》,题目是作者发表于刊物时临时加上的。

2. 有完全的静寂才会有真正的倾听和歌唱。

3. 与年迈母亲相对的沉默,祭坛般的气氛弥漫开来。

此时离去很久的父亲就会出现

并且悲伤地与我遥遥相对 [4]

即使在哀婉的痛苦中

我依然想再一次恋爱 [5]

漫长夏夜里的星星那般遥远

它与人世间真实的一切迥异

我和我的爱人将像一对盲人

身旁尽是密不可透的阴影 [6]

| 旁白：

一、诗中出现的人都与诗人的情感关系密切。

二、在冥想的黑暗中，人类眼睛的视力失效，代之以心灵悲痛的目光和思念的洞见。

三、死亡斩不断的依旧是人的关系，以及在这种关系中

---

4. 人的目光所不及之处，真实之物被心灵看见。

5. 只有爱才能将人从绝望中拯救。

6. 无须眼睛的看，给隐秘的情感以容身之处。

深沉的爱。

四、诗人借助诗句直接将爱提升到"与人世间真实的一切迥异"的高度,用另一种真实来替代速朽的、肉眼可见的关系,并使人的痛苦得到了最终的安慰。

潞潞

(1956—),祖籍山西垣曲,出生于长治,系军人家庭,其父参加过抗日战争。上幼儿园时因不睡午觉被老师关在屋外禁止说话。曾上山下乡当知青,后考入山西大学中文系,毕业后做过报社和文学刊物的编辑。20 世纪 70 年代末,受朦胧诗影响开始写诗。有作品收入《新诗潮诗选》,其短诗《城市与"勇敢的野牛之血"》曾被传诵一时。编辑出版多卷本诗歌与诗人作品文献丛书《不朽文丛》,也参与影视创作。其诗集《潞潞无题诗》《一行墨水》表达隐秘节制,意象繁复冷峻,追求精致深邃的形式,因诗人一贯低调而少为人所知。

(蓝蓝 注)

腹 语 术 [1]

夏 宇

我走错房间

错过了自己的婚礼。[2]

在墙壁唯一的隙缝中,我看见

一切进行之完好。他穿白色的外衣

她捧着花,仪式、

许诺、亲吻 [3]

背着它:命运,我苦苦练就的腹语术

(舌头那匹温暖的水兽　驯养地

在小小的水族箱中　蠕动)

那兽说:是的,我愿意。[4]

---

1. 腹语术,通常是指这样一种能力:使自己的声音从另外的物体或另外的人那里发出。

2. 两个"错"字,定下了全诗的基调:交错、错位。

3. 我看见的她,其实不外乎是我自己。看见自己,好像自己是另一个人。西文中有一个源自德语的词Doppelgänger(英语也称为alter ego),指的就是复制的自我,一个幽灵般的自己。

4. 必须注意这个具有原初野性的"兽"(作为原始状态的舌头或语言)是如何被"驯养",并且说出"我愿意"。

旁白：

一、这首诗写的是一个少女在结婚的那一刻突然分裂成两个自我，其中一个（灵魂）可能羞于或不甘心陷入婚姻的陷阱，却看见另一个（肉体）已经按部就班地完成了所有的婚礼程序。

二、另一个自我发出的声音，不管如何不甘，实际上却正是这个自我的声音，仿佛这个自我的青春蛮性（兽）在社会化的过程中获得了驯服（屈从于婚礼，并且以"我愿意"来回应）。

三、夏宇的诗往往显示了俏皮的睿智，又含有不可解的矛盾。自我与自我之间的错位用如此简洁、流畅的旋律表达出来，充满张力，值得再三诵读。

夏　宇

（1956—　），原名黄庆绮，祖籍广东五华，在台湾出生、长大。台北"国立艺专"影剧科毕业后，曾任职出版社及电视公司，现居台北。曾为现代诗社同人，后为台湾《现在诗》诗刊主要发起人，被认为是台湾后现代主义的代表诗人。她的诗通过对规范的巧妙突破,成功地把游戏性和哲理性结合在一起,在形式探索上是近二十年来台湾诗坛最具影响力的诗人。曾获《时报》文学奖、《创世纪》创作奖等,亦以李格弟为笔名创作歌词。著有《备忘录》《腹语术》《摩擦·无以名状》《Salsa》《粉红色噪音》等诗集。

(杨小滨 注)

帕斯捷尔纳克[1]

王家新

不能到你的墓地献上一束花
却注定要以一生的倾注,读你的诗[2]
以几千里风雪的穿越
一个节日的破碎,和我灵魂的颤栗

终于能按照自己的内心写作了
却不能按一个人的内心生活[3]
这是我们共同的悲剧
你的嘴角更加缄默,那是

命运的秘密,你不能说出
只是承受、承受,让笔下的刻痕加深
为了获得,而放弃

---

1. 苏俄诗人,1890年生于莫斯科。著有诗集《起点》《在早班火车上》《生活——我的姐妹》《雨霁》、小说《日瓦戈医生》。1958年获诺贝尔文学奖,受到当局批判。1960年逝世。

2. 一个诗人向另一个诗人致敬,从中可以领受诗歌的尊严。

3. 这两句为传诵广远的名句,它精确地描述出一个时代的社会文化特征。

为了生,你要求自己去死,彻底地死

这就是你,从一次次劫难里你找到我
检验我,使我的生命骤然疼痛
从雪到雪,我在北京的轰响泥泞的
公共汽车上读你的诗,我在心中

呼喊那些高贵的名字
那些放逐、牺牲、见证,那些
在弥撒曲的震颤中相逢的灵魂
那些死亡中的闪耀,和我的

自己的土地!那北方牲畜眼中的泪光
在风中燃烧的枫叶
人民胃中的黑暗、饥饿,我怎能
撇开这一切来谈论我自己?

正如你,要忍受更疯狂的风雪扑打
才能守住你的俄罗斯,你的
拉丽萨,那美丽的、再也不能伤害的
你的,不敢相信的奇迹

带着一身雪的寒气,就在眼前!
还有烛光照亮的列维坦的秋天
普希金诗韵中的死亡、赞美、罪孽
春天到来,广阔大地裸现的黑色

把灵魂朝向这一切吧,诗人
这是幸福,是从心底升起的最高律令
不是苦难,是你最终承担起的这些 [4]
仍无可阻止地,前来寻找我们

发掘我们:它在要求一个对称
或一支比回声更激荡的安魂曲
而我们,又怎配走到你的墓前?
这是耻辱!这是北京的十二月的冬天

这是你目光中的忧伤、探询和质问
钟声一样,压迫着我的灵魂
这是痛苦,是幸福,要说出它
需要以冰雪来充满我的一生 [5]

---

4. "承担"作为时代中心词出现,现在读来仍然惊心动魄。

5. 坚定的决心以及对未来的思考,所有的痛苦和幸福都将由自己说出。

> 旁白：

一、这是作者与帕斯捷尔纳克的灵魂之间进行的对话。一因标题是《帕斯捷尔纳克》，二因正文之中采用"我与你"交谈的演绎方式，再因帕斯捷尔纳克此时已经离世，由此可以判断这里的"你"并非帕斯捷尔纳克本人，而是作者想象中的帕斯捷尔纳克或其灵魂。这种方式更容易使作者敞开心扉，同时也更能深入帕斯捷尔纳克的内心世界。

二、饱满的激情在四行体的克制之中得到充分的喷涌。对帕斯捷尔纳克，作者拥有压抑多年的感情。这种感情因为找到帕斯捷尔纳克这个倾诉或对话的突破口才得以抒发。从诗艺的角度考虑，如果一任这种感情泛滥，那么诗的艺术性必然受到损伤。这个问题得到较好的解决，完全赖于作者采用四行体的形式来进行有效的克制。只有在这种克制之下，激情才能得到真正的体现。

三、读过多少遍已无法考量，但每次阅读都会想到，我们生活的时代需要高尚的灵魂。诗是小技，这是我一向清楚的，但这是高贵的小技，如果没有它，人类与野兽何异？我们这个时代不仅以物质利益为主要追求，而且还以娱乐化的方式对待所有的事物，这样的时代没有高尚的灵魂意味着什么呢？这些高尚的灵魂往往保存在一些诗中。这首诗就是一个见证。

王家新

(1957—),生于湖北丹江口,高中毕业后下乡三年,从生活之中学到了许多。1977年考入武汉大学中文系,1985年至1990年任《诗刊》编辑。1992年至1994年旅居英国,回国后任教于北京教育学院,后受聘中国人民大学文学院教授。著有诗集《纪念》《游动悬崖》《王家新的诗》《塔可夫斯基的树》、诗论集《夜莺在它自己的时代》、随笔集《对隐秘的热情》等,近年出版过保罗·策兰、茨维塔耶娃、曼德尔斯塔姆、洛尔迦等诗人的译诗集。获得过多种诗歌、随笔奖。他被认为是对这个时代有所承担的诗人,而我则认为他是一个复杂的或丰富的诗人。

(桑克 注)

这是个问题[1]

余 刚

我只想跳下去
从任何地方[2]

我与人们不同的
也许就在这里

我始终认为
最美的事物在底部[3]

但我站立的地方
已经是所有地方最低的了[4]

---

1. 标题的句式让人自然联想起哈姆雷特关于生存的著名问题，给全诗定了一个沉思的基调。

2. 先引起读者的惊醒（或警醒）："跳下去"的姿态似乎给人一种弃世的决绝感。

3. 但诗人笔锋一转，才让人意识到"跳下去"的含义可能并非自绝于人世，反倒是寻找沉淀在底层的理想性。

4. 再度扭转了先前的陈述："跳下去"的想法终究无法实现，不是没有勇气，不是没有理想，而是无处可跳。

还要往哪里跳?

| 旁白:

一、此诗一波三折,凝缩了可能是一瞬间内的丰富而矛盾的思想轨迹,可谓奇妙。

二、不能不注意到诗中词语的多义性:"跳下去",本来似乎是离世的行为,却又被解释成是一种落地的、向世的姿态。而"底部",既是追求的目标,又是现实的所在。

三、余刚这首诗逆转了理想主义象征的基本规范:在这里,是底部(根基、底层、深处),而不是高处(天国、未来)被看作最美的。但正因如此,这里的根本难题使得"我"迷茫于追寻的不可能。

余 刚

(1957—),出生于杭州,在钱塘江南岸的萧山长大。1982年毕业于杭州大学(现浙江大学)中文系,此后一直未离开过西子湖和孤山。他在长期担任民政部门公务员的同时,坚持诗歌写作,并偶有小说、随笔等问世,其生活的单调平凡与诗风的诡秘奇特形成强烈的对比。曾为"极端主义"诗派的主要实践者(与王正云等),亦参加过"非非主义"先锋诗歌团体。他的早期作品富有超现实主义色彩,有时带有狂野的气息,近年渐趋简明朴素,微言大义。著有《热爱》《超现实书》《锦瑟》等诗集,同时在《读书》等刊发表若干诗歌评论。

(杨小滨 注)

四月的下午

朱永良

整个的下午没有声音

远处是盖房子的人们和发了芽的树 [1]

一只苍蝇飞进屋子

使我感到节气的分量

它在窗子上滑动着位置 [2]

看着外面

也看着我

想用嗡嗡声离开这里的寂静

和四月的遭遇 [3]

它停下翅膀,交叉着前面的两只脚

碰巧找到了敞开的那扇窗子

---

1. 点出下午,并从"没有声音"入手。"远处"把诗的空间稍稍荡开。"盖房子的人们和发了芽的树"系白描,交代出了四月的生机。

2. "滑动"一词用得准确而传神。

3. 声音由一只苍蝇加入。苍蝇在这里只是被视为一个生命,而不显得可憎。它只是错误地闯入,渴望着外面更为广阔的空间。它的嗡嗡声使这个沉寂的四月午后更加充满了活力。

然后,把声音带向了别处[4]

> 旁白:
>
> 一、这是朱永良早年的一首诗,现在读来仍然充满了清新感。全诗像一首室内乐小品,表面看上去,只是把视点凝注在一个四月午后的一桩微不足道的小事或细节上,却从一个侧面写出了春天带来的生机,读起来也多少带有一点禅的意味。
>
> 二、这首诗应该算是一首情境诗,而情境诗正是我所喜爱并且提倡的。其中白描和细节的使用,使全诗显得自然、朴素,毫无堆砌和装饰(而这正是很多现代诗所欠缺的)。
>
> 三、人们总是爱在诗中寻找意义,在这首诗中似乎很难找出什么具体的意义来,但它具有的是意蕴或意趣。意义往往是明确的,而意蕴和意趣却相对来说比较模糊,却更具有笼罩感。

4.结句似乎漫不经心,但在苍蝇把声音带到了别处的同时,也把我们的视线和思绪带走了。

朱永良

(1958—),出生于哈尔滨,中学毕业后到农村插队,做过工人和中学教员,现任黑龙江行政学院校刊编辑。在哈尔滨师范大学历史系读书时,开始写诗并发表作品。他为人沉静淡泊,诗如其人,写得纯正、清澈而内敛,带有古典主义色彩,又不乏现代感。他的诗风别具一格,颇具魅力。曾获1996年度刘丽安诗歌奖,并曾随刘女士访问北美。2016年,诗集《另一个比喻》由重庆大学出版社出版。他也是民刊《剃须刀》的创办者之一,同时翻译过阿根廷诗人博尔赫斯、叙利亚诗人阿多尼斯等人的作品。

(张曙光 注)

伸向大海的栈桥

宋 琳

漂浮不定。[1] 对于大海蓝色的终极,

只不过延伸了一点儿。

像一个告别的手势,

一方丝帕,或一个吻,

对于命定的距离

只不过延伸了一点儿。

眺望大海的人,

为了眺望而眺望,

栈桥在他记忆中的形式

与鸟翅或星光相似。[2]

船在开,影子就会

在他眼前不停飘落。[3]

---

1. "漂浮不定"这四个字,十分准确地将栈桥的特征写了出来。虽然它写的只是海边的栈桥,却是诗人动荡生活的写照。诗人这个句子是脱口而出。

2. 鸟翅或星光本来与栈桥并不相似,但是作为"记忆中的形式",所以它们可以相似。

3. 船在开,船的影子应是移动的。但诗人不说移动而说飘落,这是诗人的匠心。

并非栈桥可以在岸上自足,

只不过漂浮使意义延伸了一点儿。

1998 年 8 月 11 日

旁白:

一、这首诗看似浅显,实际上有很深的含义。这就是,漂浮不定究竟意味着什么?这对诗人本人非常重要,对于生活同样动荡的我们也十分重要。

二、栈桥在视觉上十分醒目,尤其在摇晃的时候。但诗人的目的显然不在这里,他要探究漂浮不定背后的东西。至于背后的东西是什么,诗人告诉了我们:"蓝色大海的终极"的延伸;命定的距离;意义的延伸。这在无意中把诗歌引向深入。

三、作者显然比较悲观,最后他认定栈桥是一个自足的产物,而漂浮不过是对意义"延伸了一点儿"而已。难道人生不就是这样的吗?

宋 琳

（1958— ），生于厦门，1979年考入华东师大中文系，毕业后留校任教。他是20世纪80年代城市诗的代表人物之一，后移居巴黎并入法国籍。他曾就读于巴黎第七大学远东系，在新加坡、阿根廷等国家生活多年。2013年回国，先后在沈阳师范大学、中国青年政治学院任教。宋琳认为诗人职责的一部分就是描述世界，生活的经验对诗很重要，生活的每一个瞬间，都可呼唤诗的出现。他的诗是心灵的再现，是生活的写意，带有个性鲜明的特点，融合了中西文化。著有诗集《城市人》（合著）、《门厅》《断片与骊歌》（汉法双语）《城墙与落日》（法汉双语）等，另与张枣合编诗选《空白练习曲》。

（余 刚 注）

当我在晚秋时节归来

黑大春

当我在晚秋时节归来
纷纷落叶已掩埋了家乡的小径
山峰像一群迷途难返的骆驼
胸前佩着那只落日的铜铃

背着空囊,心却异常沉重
不过趁暮色回来要感到点轻松
这样,路上的熟人就不会认出
我垂入晚霞中的羞愧的面容

目送一辆载满石头的马车
吱吱哑哑地拐进一片灌木丛
那印在泥泞中的车辙使我想起
我所走过的暴雨中的路程

在那些闯荡江湖的岁月
我荒废了田园诗而一事无成

从挥霍青春的东方式的华宴中
我只带回贴在酒瓶上的空名

所以，我不敢轻易靠近家门
仿佛那是一块带裂缝的薄冰
茅屋似的母亲哟！我叹息
我就是你那盏最不省油的灯

已不再是无所顾忌的孩提时代
贪耍归来，随意抓起灶中大饼
现在，不管我是多么疲乏
也不能钻进羊皮袄的睡梦

于是，像怕弄出一点声响的贼
我弓身溜出了篱笆的阴影
那支孤单的压水机，鹤一般
沉湎在昔日的庭院之中

只有夜这翻着盲眼的占卜老人
在朝我低语：流浪已命中注定
因为，当你在晚秋时节归来
纷纷落叶已掩埋了家乡的小径

旁白：

一、这首诗曾于20世纪90年代初发表于严力主编的《一行》，给我留下深刻的印象。它也是一向充满浪漫主义激昂之情的黑大春少有的低沉和深沉之作。它主要是写浪子归来，但到最后又变成浪子再度离去。

二、这是一首有形式的诗，四行一节，押松散的韵。这形式和韵式，尤其是音韵传达的低沉节奏，构成了此诗的主要魅力。另一魅力是意象的锤炼，像"我垂入晚霞中的羞愧的面容"和"我弓身溜出了篱笆的阴影"都写得非常迷人。

三、第三个魅力是比喻用得非常生动。例如以山峰喻骆驼，复以铜铃喻落日；"茅屋似的母亲哟！"这个比喻和那个感叹字及感叹号；以鹤来形容庭院中"那支孤单的压水机"；以"翻着盲眼的占卜老人"来形容朝我低语的夜。

黑大春

（1960— ），原名庞春清，祖籍山东，在北京出生长大。

十九岁接触《今天》与今天派诗人。翌年跑到厦门鼓浪屿看海，回来后写下《绿岛》。黑大春受俄罗斯诗歌影响较深，如勃洛克、叶赛宁等。另外，西班牙诗人洛尔迦、英国诗人狄兰·托马斯亦是他的至爱，而他最推崇的中国诗人是多多。在生活上，他受到爱伦·坡《人·生活·岁月》、凯鲁亚克《在路上》和海明威《流动的盛宴》的影响，包括爱流浪、酗酒和练拳击。他是圆明园诗社成员，甚至搬到园中居住，写下《圆明园酒鬼》等以废墟和田园为主题的抒情诗，带有挽歌的音调和追忆的色彩。

（黄灿然 注）

裙 子[1]

吕德安

夏天骑车逛街时,下着雨

他看见一条裙子[2]

撩起来,怕碰着轮子

多么漂亮的裙子

缀着花边,白色的,撩起来

露出更白的腿

雨又下过几阵;他看见

同样的一双腿,[3] 同样干净的花边

仍然怕弄脏,撩过膝盖

但这一次有风,让人想象它遮盖的部分

是一个空空的殿堂

一个纤腰在上面扭动

好似一个杯子一种光线

---

1. 不是看裙子,是看穿裙子的人。

2. 看得仔细、具体。

3. 再一次邂逅。

而更上面的则是火焰——⁴

这样的想象令他惊慌

一个陌生的女人

一块普通颜色的绸布,白色的

缀着花边,样子像泡沫⁵

这些都隐隐地让他感到应该回家

重新把妻子熟悉一遍

1989年

> 旁白:
>
> 一、吕德安好诗很多,像《父亲和我》《曼哈顿》等,常为其他诗人所谈论。选这首《裙子》理由在于它很不平常地写出了日常生活中最常见的一种情形。
>
> 二、一个已婚男人由裙子开始关注裙子的主人,从花边到露出的"更白的腿",而被裙子遮盖的地方也开始变成了殿堂、杯子、光线、火焰。眼看一场"艳遇"就要开始。
>
> 三、主人公"他"突然间清醒:美丽的花边的影像也不过像是泡沫,可能一触就消逝。

---

4. 诱惑,放大的美,危险。

5. 恢复到正常的观看。

四、日常生活把身边事物的神秘感消解，人们丢弃的，或许恰恰正是另一个人所觊觎渴望的。

五、这首诗无关道德，它警醒着我们变得粗糙迟钝的心如何能够在最熟悉的生活中重新发现惊人的美，并由此保证爱的能力，以及如何发现自己对于"发现"这种能力的缺乏。

吕德安

（1960— ），出生在福州马尾镇，做过木工学徒和知青，后考入福建省工艺美术学校，开始写诗。毕业后在一家书店当了十年美工，其间诗歌创作甚丰，且已蜚声诗坛。20世纪90年代初移居纽约三年，以画画谋生。回国后在福州郊外一座山上筑居，专事诗画，过了一段陶渊明般的生活。之后再度游居于福州和纽约，并在北京建立绘画工作室。著有诗集《纸蛇》《南方以北》《顽石》及长诗《曼凯托》《适得其所》等。其早期作品深受民间艺术和民谣影响，关注语言和经验之间的相互关系。多年以来一直是国内颇具影响力的诗人，被誉为"中国的弗洛斯特"，曾多次应邀参加国际诗歌节和戏剧节。

（蓝蓝 注）

每天下午五点的墓园

萧开愚

如果我们现在并排坐着,[1]
或者一句话不说,一刻钟又一刻钟,
或者你仅仅是说,真没话好说,
或者你挪远一点,好看清斜对面的一块,[2]
或者你白我一眼,因为死者并不可笑,
或者你单独坐在我现在坐着的长椅上,
而我在你对面,就在你的对面,躺着。[3]

| 旁白:

一、注意诗的题目:《每天下午五点的墓园》。"每天下午五点",可能是表明来这里散步或休息。墓园与死亡紧紧

---

1. 这句是实写,两个人坐在午后墓园的长椅上沉思。下面的都发生在作者的想象中。

2. "斜对面的一块",显然是某位死者的墓。这代表着死亡,或者说,将死亡的意象引入了诗中。

3. 作者想象着自己死后的情景。注意这里面有一个重复,加重了语气。

联系在一起,在这里,时间,尤其是地点,只是作为这首诗的一个背景,或为这首诗添加了浓浓的底色。

二、注意诗中出现的两个角色:我和你。整首诗就是"我"对"你"的独语。

三、注意"如果",这是一种虚拟语气,表明所发生的一切只是"我"的想象——一种假想情境。下面的一连串"或者"都是"如果"的不同形态。最终可能什么也没有发生,或一切只是发生在作者的想象中。

四、这首诗并不长,但内涵丰富,几乎每一句都是一个相对独立的画面。或者确切地说,是一组组跳跃着的不同的镜头。最后两句"或者你单独坐在我现在坐着的长椅上,而我在你对面,就在你的对面,躺着",暗示着自己死去,而对方一个人坐在他曾坐过的长椅上缅怀。表面上不动声色,但读来使人感到至为沉痛。

萧开愚

(1960—),出生于四川中江,毕业于绵阳中医学校。在短暂从医后移居上海,近年辗转于德国和中国的高校之间,也漫游于美洲。他在20世纪80年代末与孙文波一同创办了民刊《九十年代》和《反对》,对90年代诗风的形成起到了推进作用。萧开愚是当代诗坛极有影响也极具特色的人物之一，他的诗才体现在各个方面，很难用一两句话来概括。可以说，充满活力、诗风多变是他的一个显著特点。代表诗集有《前往与返回》（油印）、《动物园的狂喜》《向杜甫致敬》《学习之甜》，近作有《此时此刻》《联动的风景》《内地研究》。2016年，萧开愚获得首届"飞地诗歌奖"。

（张曙光 注）

敞开与关闭的门

李 笠

一

推门已为时太晚。门露出本质:墙

整个我都在屋里:手机,今天要交的稿子,将到的

长途电话……[1]

我不在这儿。我在多年前的一个春夜

一个女人的拒绝里:"你是个好人,但……"[2]

反省:这是换衣时出现的正常现象

或者:钥匙老放兜里所以忘记了它们的存在[3]

但门有一颗复仇的心,它让我绕屋走动

---

1. 诗开始于一个尴尬的日常瞬间,一不留神,"我"把自己关在了外面,本该继续下去的生活被"门"阻断。

2. "我"曾遭遇的另一起被关在"门"外的阻断。"门"成了关于生活本身的戏剧。

3. "反省"——"我"试图去看透"门"的戏剧。请特别留意"换衣"这个词,它所暗含的男女情感游戏意味(所谓"女人如衣裳")照应前一行的"一个女人的拒绝",其字面所指又跟后一行的"钥匙老放兜里"相关,从而将突兀宕出的第二节轻巧接应回这首诗的叙事序列。

(像卫星环绕地球)。窗关着。梯子已无济于事[4]

一条小路走来。我冬天路过的冰海闪现:一片
六月阳光里舞动宝石蓝的火焰:"我对你一直敞开
着!"[5]

> 旁白:
>
> 一、李笠擅长将平凡日常里容易被放过的戏剧因素捕捉
> 入诗,那种敏捷,往往如同随时有所发现、迅速按下快
> 门的抓拍高手。事实上他的确同时又是摄影师,其诗艺
> 跟照相技术相得益彰。
>
> 二、或许,捕捉到如这首诗开头那样的戏剧场景并不太
> 难,考验在于(罗兰·巴特论摄影时所谓)"点的穿透"
> 与"面的延伸"。这首诗的刺点被设计为第二节那看似跟
> "门"毫无关联的多年前"我"的情感事件,令人要回过
> 头来重新端详"我"正经历的"门"的戏剧,要去找到
> 它真正的含意。

---

4. "我"却仍不得其"门"而入。

5. 换一个方向,生活之"门""一直敞开着"。

三、这首诗的戏剧性却还在进展,或许,刺点更在于找到其含义也"无济于事",正如"门"的"复仇","它让我"仍只能"绕屋走动"。而转机其实只要一转念,便得豁然。

四、这首诗让人想到罗伯特·弗洛斯特那种从平凡的生活戏剧里挖掘哲理甚至形而上学的方式,几乎可以具体到跟《修墙》和《一条未走的路》这两首弗洛斯特的名诗对照和对话——李笠大概想说,除了"墙"跟"路"的戏剧和道理,还会有"门"的戏剧和道理。

李 笠

(1961—),祖籍宁波,生于上海。北京外国语学院瑞典语系毕业后,先在画报社工作,1988年移居瑞典,未满一年即出版瑞典语诗集《水中的目光》,后又有《逃》《源》等,曾获瑞典多种诗歌奖。李笠是罕见的能双语写作和双向翻译的优秀诗人,他的诗简约透彻、寓意丰厚,表现了一个荷尔蒙旺盛的东方男子在异乡的经验和文化乡愁。新世纪以来更将其"奶爸的厨房"敞向世界,并刻画记忆中和老病的父母形象,贬斥/痛惜越来越恶化的人的处境,出版《最好吃的鸡》《雪的供词》等汉语诗集。译有特朗斯特罗姆和索德格朗诗全集,并把西川、麦城的诗集译成瑞典语。他也是摄影集《西蒙和维拉》和五部诗电影的作者。

（陈东东 注）

温柔的部分

韩 东

我有过寂寞的乡村生活

它形成了我生活中温柔的部分[1]

每当厌倦的情绪来临

就会有一阵风为我解脱

至少我不那么无知

我知道粮食的由来

你看我怎样把清贫的日子过到底

并能从中体会到快乐

而早出晚归的习惯

捡起来还会像锄头那样顺手[2]

只是我再也不能收获些什么

---

1. 韩东的父亲、作家方之曾在1957年因创办同人刊物《探索者》而受到批判,"文革"中,方之遭受了更为严酷的迫害,全家被下放到苏北农村劳动。作者诗里写到的"寂寞的乡村生活",应该就是指童年和父亲在苏北农村度过的岁月,而这段源自政治迫害的乡村生活最后竟成了作者"生活中温柔的部分",其间所包含的复杂感情可想而知。另外,一开篇的语气"我有过……"也奠定了一种历经世事之后坦诚表白的真挚口吻。

2. 这个比喻极其精到,本体(捡起早出晚归的习惯)和喻体(捡起锄头)之间因为"顺手"建立的比喻关系虽然是个"远取喻",但因为早出晚归的作息和锄头之间密不可分的农事关联,使得这个"远取喻"读起来竟无比贴切、自然。

不能重复其中每一个细小的动作

这里永远怀有某种真实的悲哀

就像农民痛哭自己的庄稼[3]

| 旁白：

一、这是一首当代诗歌中经得起时间检验的经典之作，虽然写于1985年，但直到现在依然是互联网上转帖最多的当代诗歌之一，它的"阅读史"可作为反思当代诗歌如何突破"诗人间阅读"之怪圈的醒目案例。

二、韩东是一个活力非凡的诗人，他在互不相同的诗歌处理方式上为后来众多的追随者探索出多种写作可能性。但正如诗人席亚兵所指出的那样，韩东无论怎样变动不居地进行语言和文体实验，他都有一个"有效的情感真挚"作为基础。这首早期的《温柔的部分》所体现出的亲切、质朴和真诚正是这种基础的集中体现。

---

3. 又是一个精到的比喻，拿农民痛哭自己的庄稼来喻远离乡村生活之后、回想不起农事劳作中丰富的细节所带来的"真实的悲哀"，把绷在平静陈述中的复杂情感猛烈地倾泻了出来，虽然沉重，却因有厚重的情感在诗中托举而丝毫不觉矫情。

韩 东

(1961—),生于南京,幼时随父母下放苏北农村。1982年毕业于山东大学哲学系,曾在西安工作,80年代在南京发起"他们"文学社,该社在相当长一段时间内在诗歌、小说、批评等领域释放出了巨大的影响,韩东本人亦成为80年代"第三代诗歌"运动的核心人物之一。他提出了"诗到语言为止"等重要文学主张,在还原日常语言的诗歌表现性、赋予庸常生活以诗歌书写可能性、利用诗歌进行文化消解和文化反讽等方面启发了很多后来者。90年代之后,韩东的小说写作也为他赢来了极高的声誉,并执导了电影《在码头》(2016)。著有《爸爸在天上看我》《韩东的诗》《重新做人》等诗集,获得过"珠江诗歌大奖"等奖项。

(胡续冬 注)

连朝霞也是陈腐的

孟 浪

1

连朝霞也是陈腐的。

所以在黑暗中不必期待所谓黎明。[1]

光捅下来的地方
是天
是一群手持利器的人在努力。[2]

词语,词语
地平线上,谁的嘴唇在升起。[3]

---

1. 两行诗分作两节。一个因果复句分作句号隔开的两个不容置疑的判断句。第1章故意分外醒目地为全诗定下过于尖锐的颠覆性高调。

2. 对"光"及其来历的颠覆性讲述,从而赋予"光"决然不同的意味和意义。动词"捅"用得极为有力,几乎用力过猛,然而大概非如此不足以说明。

3. 关键在于"词语",在于"词语"被什么样的"嘴唇"去说。"嘴唇在升起",而且在"黑暗""黎明""光"和"朝霞"的序列里"升起",让人想到"嘴唇"正是唤醒、照亮和主宰世界的太阳。

2

幸福的花粉耽于旅行

还是耽于定居,甜蜜的生活呵

它自己却毫无知觉。

刀尖上沾着的花粉

真的可能被带往一个陌生的地方

幸福,不可能太多

比如你也被派到了一份。

切开花儿那幻想的根茎

一把少年的裁纸刀要去殖民。[4]

3

黑夜在一处秘密地点折磨太阳

太阳发出的声声惨叫

第二天一早你才能听到。[5]

---

4. 诗的第2章是一个关于"幸福"的颠覆性故事,不妨视为用作诗题的那句诗的一个论据。"刀尖上沾着的花粉"极言幸福的强制性和胁迫感——连幸福也不过是一种你只能服从的命运,"你也被派到了一份"。"殖民"一词更说明"花粉"一样被输出(播散)的"幸福"(观)的强行征服。

5. 对"黑暗"和"黎明""光"战胜"黑夜"及"太阳"神话的另一种戏剧化编码,说出符合这首诗的颠覆逻辑的另一个故事。

我这意外的闯入者

竟也摸到了太阳滚烫的额头

垂死的一刻

我用十万只雄鸡把世界救醒——[6]

连朝霞也是陈腐的

连黎明对肮脏的人类也无新意。[7]

4

但是，天穹顶部那颗高贵的头颅呵

地平线上，谁美丽的肩颈在升起！[8]

1991年6月25日至6月29日

---

[6]．"太阳滚烫"被颠覆为垂死的病状，那也意味着"世界"将死。要是同意第1章最后一行所暗示的"嘴唇"即是"太阳"，那么"嘴唇"已"垂死"，"世界"就只能靠"十万只雄鸡"的鸣叫来"救醒"了。

[7]．经过上述"论证"而以"结论"的方式再次说出诗题和诗的第一行的那个"论点"。值得注意的是，这是"对肮脏的人类"而言的。这首颠覆之诗要针对的，正是"肮脏的人类"。

[8]．"高贵"和"美丽"显然相对于"肮脏"。"天穹顶部"的"头颅"亦指"太阳"，那么这是"黑夜"和"黎明"之后中午的景象了。"地平线上""升起""头颅"之下一段的"肩颈"，似在预告又一个颠覆性故事。

| 旁白：

一、孟浪惯于传达一种反政治、反制度乃至反世界的对抗激情。他诗歌的声音，因而充斥着决绝和严正。

二、这种对抗激情的诗艺手段，却常常从幽默直到冷酷。在这首诗里，呈现为对原型象征系统的颠覆性运用和对话语和生活逻辑的悖反化表述。它们带来的不止于讽刺，更是揭露和见证，乃至对这种揭露和见证本身也并不信任的还要彻底的怀疑和超越。

三、这种对抗激情，令孟浪的诗歌又几乎是反诗歌的。语词、句子和段落凑置在纸上，其间诸多空隙和阻断。这并不显示孟浪无力将它们整合，这表明孟浪的另一番努力，刻意不把其作品的尖刻和深锐打磨成一首如诗的诗。

孟 浪

（1961— ），原名孟俊良，浙江绍兴人，生于上海吴淞，20世纪70年代末在上海机械学院就读时开始文学创作，并从事民间诗歌活动，先后参与创办和主持编辑《海上》《大陆》《北回归线》《现代汉诗》等文学民刊。1995年秋赴美国布朗大学任驻校作家，后曾长期逗留波士顿、香港，现居台湾。一个形象的说法是："通过意识的某种提升，某种给日常生活放血的方式、苍白的方式，孟浪收获了现代汉诗的骨架。"他被认为是一个在无志可依的迷乱时代突出了言志的道德勇气的诗人。著有《本世纪的一个生者》《连朝霞也是陈腐的》《一个孩子在天上》和《愚人之歌》等诗集。

（陈东东 注）

今 生

陈克华

我清楚看见你由前生向我走近

走入我的来世

再走入我来世的来世[1]

可是我只有现在。每当我

无梦地醒来

便担心要永久地错过

错过你，呵——[2]

我想走回到错误发生的那一瞬

将画面停格

让时间静止[3]

你永远是起身离去的姿势

我永远伸手向你[4]

---

1. 心中的所爱，被看作无尽的时间脉络中不断纠缠、无法忘怀的形象。

2. 这样一个形象，却往往会和"我"在"今生"里擦肩而过。

3. "我"试图留住过去那个美好的瞬间，不让它溜走。

4. 之前的动态影像转化成最后两行的静态画面：时间停止了，然而，我反而将永远够不到所爱的人。

旁白：

一、我们往往想要把握住当下，而这首诗却表达了对当下的怀疑。当下不但无法聚合起过去和未来，反而，当下的意念也会变成仅仅是无法完成的僵化姿态。

二、这首诗展示了一种愿望达成的不可能：想要抓住流逝的美好，却停止在"想要"的过程之中。

三、一旦抵达，欲望便不复存在。因此，欲望只能在欲望着的永恒途中。

陈克华

（1961— ），出生于台湾花莲，毕业于台北医学院医学系，现为荣民总医院眼科医师。多次获得包括《联合报》和《中国时报》在内的年度文学奖、金鼎奖等。曾主编《现代诗》季刊，代表作有诗集《我捡到一颗头颅》《与孤独的无尽游戏》《别爱陌生人》《新诗心经》《欠砍头诗》《美丽深邃的亚细亚》《阿大，阿大，阿大美国》《善男子》《一》以及小说、散文集若干，并写有《台北的天空》等数十首歌词。他的诗从早期的华丽虚幻，到后来的精简隐喻，都充满了大胆的实验性。陈克华的诗以其张扬的性内容引人瞩目，多年来一直是台湾最著名的"同志"作家。

（杨小滨 注）

时代广场

陈东东

细雨而且阵雨,而且在
锃亮的玻璃钢夏日
强光里似乎
真的有一条时间裂缝[1]

不过那不碍事。那渗漏
未阻止一座桥冒险一跃
从旧城区斑斓的
历史时代,奋力落向正午

新岸,到一条直抵
传奇时代的滨海大道[2]
玻璃钢女神的燕式发型

---

1. 有着"锃亮"面貌的"玻璃钢",或许是现代化城市最具代表性的视觉形象,这种符号也是现代化的历史时间的典型符号。但诗人把闪亮的强光看作"时间裂缝",似乎是具有断裂性的历史之剑影。

2. 在这里,具有跨度的"桥"被看作一种历史时间的象征,从旧城区"一跃"到新城区。

被一队翅膀依次拂掠

雨已经化入造景喷泉

军舰鸟学会了倾斜着飞翔

朝下,再朝下,抛物线绕不过

依然锃亮的玻璃钢黄昏[3]

甚至夜晚也保持锃亮

晦暗是偶尔的时间裂缝

是时间裂缝里稍稍渗漏的

一丝厌倦,一丝微风[4]

不足以清醒一个一跃

入海的猎艳者。他的对象是

锃亮的反面,短暂的雨,黝黑的[5]

背部,有一横晒不到的娇人

白迹,像时间裂缝的肉体形态

---

3. 自然的雨被人工的喷泉收容,鸟的航线也飞不过人工化的黄昏。

4. 不管是否令人愉悦,"厌倦"和"微风"是自然的,在人工化城市之外的,只有在截断历史的"时间裂缝"中才能"渗漏"出来而被感受到。

5. "入海的猎艳者"是在寻找陆地的反面,也就是城市的"锃亮的反面"。"入海""猎艳",象征着对原始状态的追索。

或干脆称之为肉体时态

她差点被吹乱的发型之燕翼

几乎拂掠了历史和传奇[6]

> 旁白:
> 一、陈东东对上海城市的书写往往具有表面的浪漫主义色彩和实质上的现代主义精神,那些俏丽的、耀眼的词语不是对城市的妆点,而是对它的肆意涂抹。
> 二、在这首诗里,城市意象/符号既是作为现代化历史进程的一个节点(甚至终点)出现的,又是作为这个历史进程的一个断裂出现的,凸显了现代性自身的反讽意蕴。
> 三、似乎只有在那种非人性的亮度的背后,诗人才能捕捉到那种娇美的、扑飞的诱惑。但诗人却又用"干脆""差点""几乎"这样的词语避免了绝对化、单向化的倾向。

---

6. 把"时间裂缝"又称作"肉体时态",明确了作为人性的"肉体"可以成为历史"时间"状态的某种指涉,用"乱"的方式切入整一化的、以"玻璃钢"的非人性化面目为代表的现代历史。

陈东东

(1961—),祖籍江苏吴江,出生于上海一个音乐教师和戏曲演员家庭。20世纪80年代初在上海师范大学中文系读书期间开始写作,毕业后做过教师、史料员、编辑等职,现居深圳和上海专事写作。曾创办、主编过民间诗刊《倾向》和《南方诗志》,担任诗歌奖评委,参与策划、组织"三月三诗会"等。他被认为是20世纪80年代以来的一位代表性诗人,早期诗作讲究纯净的音乐性和意象性,后来诗风渐趋奇崛、冷艳,融合了古典诗学的敷陈和现代主义的寓言。出版的主要著作有诗集《夏之书·解禁书》《导游图》,诗文集《短篇·流水》和随笔集《黑镜子》《只言片语来自写作》等。

(杨小滨 注)

海底被囚的魔王[1]

张 枣

一百年后我又等待一千年;几千年
过去,海面仍漂泛我无力的诺言[2]

帆船更换了姿态驶向惆怅的海岸
飞鸟一代代衰老,返回不死的太阳

人的尸首如邪恶的珠宝盘旋下沉
乌贼鱼优哉悠哉,梦着陆地上的明灯

这海底好比一只古代的鼻子[3]
天天嗅着那囚得我变形了的瓶子

看看我的世界吧,这些剪纸,这些贴花

---

1. 此诗是对《一千零一夜》《渔夫的故事》里相关被释放的海底魔王故事的改写,通篇模拟魔王的讲述口吻。

2. "一百年""一千年"而又"几千年",仿佛时间无尽,显出魔王在海底被压抑得何其难耐。

3. 一个奇喻。"古代的"则再次强调被囚得太久。

懒洋洋的假东西；哦，让我死吧！[4]

有一天大海晴朗地上下打开，我读到
那个像我的渔夫，我便朝我倾身走来[5]

| 旁白：

一、张枣总是依据原典创写自己的诗歌，早期的《镜中》《何人斯》如此，在德国期间的《楚王梦雨》、组诗《历史与欲望》及《卡夫卡致菲丽丝》和《跟茨维塔伊娃的对话》如此，后期的《大地之歌》也是从马勒化出——对话是一个贯穿其全部写作的姿势。

二、这首诗从《一千零一夜》里取材，夸张而又贴切地说出了他20世纪80年代中期来到德国那种跟朋友隔绝、没有读者、没有掌声、没有交流的写作处境。

三、这处境令他尤其渴望知音，而知音观念实为其诗学的一大核心。张枣甚至认为，写诗正是寻找知音的活动

---

4. 得不到真正的花朵简直要命！——张枣尝言："我从来不喜欢假花。如果是假花……就是那种所谓'愤怒的假花喝彩四壁'"——诗至此透露出写海底魔王被囚其实拟喻诗人当时孤悬海外丧失共鸣的处境。

5. "朝我倾身走来"的"像我的渔夫"（另一个"我"）是一个知音的形象——就其所本的故事而言，放出海底魔王的渔夫，某种程度上也该算是魔王的"知音"吧——最后一行，张枣道出这是一首期盼知音出现的诗。

（它也意味着对话）。所以，知音出现的时候才是"大海晴朗地上下打开"的时候，才是解放的时候，才是诗歌得以完成的时候。这首期望知音出现的诗因而也是关于其写作本身的诗——它又涉及了元诗观念，这是张枣诗学的另一大核心。

张 枣

（1962—2010），长沙人。十五岁即考入湖南师范大学外文系，后在四川外国语学院攻读英美文学硕士。1986年赴德留学，1996年获特里尔大学文学博士学位，之后在德国和河南、北京的高校讲授诗歌写作。张枣的诗在追求现代性的同时强调传统的汉语之美，主张从汉语古典精神中衍生出现代日常生活之唯美启示，并以纯诗艺的方式展开其包括对自身写作的反思与批评。他鲜明的个性也总是渗透进他的诗艺中，甚至过分发达的湖南味觉系统和嗜吃的癖好也很可能对其敏感的修辞构成微妙的影响。他年仅四十八岁时因肺癌逝于德国图宾根。《春秋来信》是其生前出版的唯一诗集，故世后由其学生颜炼军编辑了《张枣的诗》。

（陈东东 注）

出梅入夏[1]

陆忆敏

在你的膝上旷日漂泊[2]

迟睡的儿子弹拨着无词的歌

阳台上闲置了几颗灰尘[3]

我闭上眼睛[4]

抚摸怀里的孩子

他似乎已经两寸了[5]

每天晌晚要在你胸上乱走一气

爬上一条手臂,紧接着

---

1. 梅季为南方特有,雨水天气长达经月,潮湿、霉变、阴郁和沮丧是它的主要征候。"出梅入夏"时节,正是梅季历时最久,人被压抑得快要发疯而生臆想的时候——幸好,它这就结束了。

2. "漂泊"且又"旷日",不安全感可想而知,但这却是在"你"的"膝上",本该是最让儿子有安全感的地方。"旷日漂泊"又把梅雨天之经久和它带来的水世界般的环境带写出来了。

3. 阳台上的灰尘在最后一节又被特别提及,显得这些细小的不起眼的物质至关重要。然而这可能只是因为敏感得过了头(因为莫名的不安全感?),在诗所展开的戏剧里它们尽管被特别提及,却并没有起到什么推动情节的道具作用。

4. "我"开始入梦。

5. 两寸的儿子显然是胎儿或梦想和幻境里的形象。诗的这节和下一节所写全为梦境。

爬上另一条

我们用手臂搭一个天棚

让他在下面嬉戏

这几天　正是这几天

有人密谋我们的孩子

夜深人静

谁知道某一张叶下

我储放了一颗果实

谁知道某一条裙衣里

我暗藏了几公顷食物

谁知道我走出这条街

走出乘凉的人们

走到一个地方

蹲在欢快的水边

裹着黑暗絮语、笑、哭泣

直到你找来

抱着我的肩一起听听儿子

咿叽嘎啦的歌

并抱着我的肩回家

这一如常人梦境 [6]

这一如阳台上静态的灰尘

我推醒你 [7]

趁天色未明

把儿子藏进这张纸里 [8]

把薄纸做成魔匣 [9]

| 旁白：

一、这首诗跟陆忆敏的组诗《室内的一九八八》一样写于诗人妊娠期间，它预设或臆想了一个有点儿阴郁的、孩子来到人世之后的场景和情节。

二、"把儿子藏进这张纸里 / 把薄纸做成魔匣"——即将到来的儿子也像是即将打开的又一只生命"魔匣"——在"我"关于未来的儿子的不安梦想里，又有一个未来之"我"关于儿子的不安梦想……这首诗构造着层层相套的"魔匣"。

三、庄周在《齐人物论》里就《室内的一九八八》而论

---

6. 点出上述是梦。

7. 顺便再交待一次，先前的戏剧发生在睡梦里。

8. 这首诗正在"这张纸里"，所谓"儿子"，还只是藏于诗中的想象。

9. 诗刚好是演示上述戏剧的"魔匣"之一种。

及陆忆敏的几句话,也适合这首诗用:"天赋卓越的女性触觉渗入身陷困境的人类心灵深处,然而绝不咄咄逼人地以揭秘者自居;隐秘的黑箱(不妨读作'魔匣'。——引者)被纤手温柔地打开、轻抚然后收藏。诗人的内心独白就是你的内心独白——无论你是女性还是男性。"

陆忆敏

(1962—),祖籍江苏南通,生于上海,毕业于上海师范大学中文系,做过中学教师,现为公务员。她跟陈东东及后来的丈夫王寅为大学同班,曾共同编制小诗刊。早期诗作如《美国妇女杂志》《超神秘主义》等,受美国女诗人普拉斯影响至深,写作主要集中在20世纪80年代,完成记录妊娠期心理感受的组诗《室内的一九八八》后即无新作发表。有评家称其为"文明的女儿",认为她优雅、凝练、节制的诗风"难以再现",她可能是"文革"后最杰出的女诗人。在一份自撰简历里她声称:"未参加过任何社会性与诗歌创作有关的活动。发表的作品极为有限地少。"诗集《出梅入夏》由评论家胡亮编辑,于2015年出版。

(陈东东 注)

英国人

王 寅

英国人幽默有余[1]

大腹便便有余

做岛民有余

英国人那时候造军舰有余

留长鬓角扛毛瑟枪有余

打印度人打中国人有余

英国人草场有余

海洋有余

罗宾汉有余鲁滨逊有余[2]

英国人现在泰晤士河里沉船有余

海德公园铁栏有余

催泪弹罢工有余

英国人种的长腿有余

---

1. "有余"在这首诗里每句重复,用法相同,除一次例外,全都置于句尾,且除了这第一句是习语中的"正确"用法,其余"有余"都不合常规用法,实在"有余"。此诗述说语调的幽默劲儿跟这"有余"大有关系,以"幽默有余"开头大概正由于这番幽默。

2. 罗宾汉和鲁滨逊,英国故事和小说里符号化了的传说人物。

列农的长发有余[3]

狄安娜公主的婚礼长裙有余[4]

英国人也就是行车靠左有余

也就是伦敦浓雾有余

也就是英国人有余有余有余[5]

> 旁白:
>
> 一、此诗为语言游戏之诗或所谓轻松诗和谐趣诗(写这种诗出名的爱德华·李尔和刘易斯·卡罗尔亦为英国人),近乎无意义写作。诗人这种不裹挟意义的游戏化写作要表明的正是:诗不必指向诗外,诗歌语言可以仅仅为它的言说本身而存在;诗的意义不在于诗说出了什么,而在于诗正说着。
>
> 二、当代诗歌一再被强求甚至逼迫着指称、描写和揭示所谓负责于现实的意义,语言游戏之诗或轻松诗、谐趣诗的写作,在某种程度上,则是对诗歌尊严的一

---

3. "列农"(John Winston Lennon)多译作"列侬",作为上世纪六七十年代西方青年文化象征的甲壳虫乐队的灵魂乐手,被誉为摇滚乐之父,1980年12月8日在纽约被枪杀。

4. "狄安娜"(Diana Spencer)多译为戴安娜,当代英国被大众崇拜爱戴的女性,又一典型的英国符号,她的婚礼和死于车祸都曾轰动一时。

5. "有余有余有余",此诗正可照此无限罗列下去……

种维护,因为它要回了可以只对诗歌本身负责的诗歌特权。

王 寅

(1962—),祖籍浙江桐乡,出生于上海,1984年毕业于上海师范大学中文系,做过教师、编辑、电视编导等多种职业。中学时代即开始写诗,诗作最早发表在甘肃《飞天》的"大学生诗苑",以大学生诗人的面目为人所知。20世纪80年代积极参与各种民间诗歌活动,90年代以来依然活跃于诗界,在各种文学刊物发表诗作,新世纪以来除了诗歌,亦大量从事摄影,2012年以来为上海民生现代美术馆策划了已近四十期的"诗歌来到美术馆"活动。庄周在《齐人物论》里称王寅是一位不事张扬的大诗人,其诗作具有一种直接性,"理解王寅的诗几乎不需要拐弯抹角地想得太复杂"。著有诗集《王寅诗选》和《灰光灯》等。

(陈东东 注)

我和我的鬼[1]

张　真

我怕鬼

而在无眠的夜晚

我觉得自己就是那

依依追随的空廊中的魅影[2]

而那时在镜中突出的脸

却不可思议地美丽[3]

我究竟知她多少

她这被无数愿望无数梦

无数了结不了的爱困陷住的

---

1. "鬼"者，人死后之魂灵也，实为人对生命终结后可能前往的另一世界构想中的自我对应物。而本诗中，"我和我的鬼"在诗人的构想里，提前来到她的生活（想象）当中。这构想不可谓不奇！

2. 怕鬼的心理似乎已经变成了人类的集体无意识，因恐惧而鬼由心生，居然认为自己就是"依依追随的空廊中的魅影"，怕到怀疑自己非人，绝倒！

3. 疑心自己为鬼之后，居然连镜中的面孔也变得美丽了。"镜子"意象的出现，使得"鬼""我"两两关系变得更加复杂，"对影成三人"，于是在"我"和"鬼"之外，又出现了一个"她"——镜中像，既是"我"又是"我的鬼"，同时是观看"我"和"我的鬼"的"她"。

夜间的伶鬼[4]

她在镜中注视她

企图认识她

然而头一偏

她就烟消云散[5]

只有一炷沉香

总在静静地烧[6]

1985年

| 旁白：

| 一、从题材的角度看，这首诗的确新奇，而更有趣的是，

---

4. 进一步描绘"她"，"这被无数愿望无数梦／无数了结不了的爱困陷住的／夜间的伶鬼"，透过被如此这番描绘的"她"，读者可以感受到诗人对自我的观察和理解，这是个多情的、多思的自我。"伶"旧时指戏曲演员。"伶鬼"一词，既让人联想到传统戏曲中常见的因情而殁的女鬼，也可以根据上文的镜中像推演理解为：诗人将"我"之照镜，对"我的鬼"的观察视作一个戏剧场景，"我的鬼"正是场景中的出演者。

5. "她在镜中注视她"，观察的视点倒转，镜中的眼睛成为观察的主动者，看向镜外的"我"（也即"我的鬼"），三个影像在此叠加，产生出一种奇特的视点转换效果。如果说，想象中的自我分裂为三个影像，当三个影像互相注视，试图看清对方时，此时此刻，梦想集中到一个尖锐的视点的一瞬间，真实就将突现，然而，就仿佛人在睡梦中企图窥探潜意识的某个时刻，身体微微一动，梦即刻消散。

6. 最后一节，宕开一笔，写到回转神来，现实场景中静静燃着的一炷沉香，一方面说明梦幻的结束、意识的恢复，另一方面也借此烘托看不见的内心波动的惊险，可谓动静相谐。

在对这个人们很少涉猎的题材的开掘上,诗人也独出心裁,巧妙地把对"鬼"的恐惧,转向经验中对自我的关注。在"我"之外,分离出"我的鬼""镜中像",他们伫相打量,试图达成对于人之自我的认识。

二、诗中场景,颇有《聊斋》神韵,或许,得此诗启发,反过来我们以新的目光重读《聊斋》,蒲松龄通过书写鬼的故事,不正是试图对自我进行一次次的观照?

张 真

(1962—),生于上海,曾就读于复旦大学新闻系,一度移居斯德哥尔摩并入瑞典籍。后赴美读书,先后获天普大学学士学位、爱荷华大学硕士学位、芝加哥大学博士学位,现任教于纽约大学提氏艺术学院电影研究系。20世纪80年代中期开始写作,部分作品收入《中国当代实验诗选》《灯芯绒幸福的舞蹈》等。出版有个人诗集《梦中楼阁》,另有《银幕艳史:上海电影1896—1937》等多部英文学术论著。张真的诗歌语言简练,善于将日常生活中普通平凡的场景和片段的经验,演绎成充满玄思的紧张的诗意。

(周瓒 注)

美德其所

森 子

田野多美,美德其所,

拖拉机像莽汉他表哥。

细翻旧账,盘算麦种,

七个鼻孔出气舒服很多。[1]

三轮斗里年轻的母亲,

怀揣三色的雏菊。

泥土的油花松开犁耙,

卷舌音在高压线上波折。[2]

露水夫妻,蚂蚱生活,[3]

---

1. 指播种机有七孔,像一排拖地的象鼻子。

2. 这是写犁铧状似舌形,麦地上空是高压线,而犁过的土地线条跟高压线一般。拖拉机轰鸣、犁铧翻卷、高压线嗡嗡,将视觉、声音相互纠缠的意象复合在一起,表明农事纠缠于心。

3. 播种冬小麦时已经是深秋,露水和蚂蚱都暗示生命的短暂,也是写"我"与土地、乡村的关系。

他一溜烟乘响屁而去,[4]

不时回头看坟头蒿草,

朝刺柏低吟一声"老伯"。

2005 年

> 旁白:
>
> 一、这是一首农事诗,当然是一首用现代手法写成的农事诗。诗中带有幽默,把农事写得有声有色,同时有趣。
>
> 二、诗的语言很有特点,一方面被浓缩了,具有很大的张力,另一方面加进了一些土语、俗语,避免了因语言浓缩而造成的文气。
>
> 三、"田野多美,美德其所"或许可以看成全诗的主旨。诗人在歌唱和赞美普通生产劳动的同时,是否也联想到了自己的创作?

---

4. 响屁,摩托车,北方俗称"屁驴子",指骑摩托车或三轮摩托车下地干活的农民暂时离开。

森 子

（1962— ），出生于黑龙江呼兰，后随父母迁往河南。1987年毕业于河南周口师院艺术系，现任职于《平顶山日报》。森子是目前诗坛上较为活跃且具有影响力的诗人，他的诗风格沉稳，富于变化，在叙事和抒情、智性和情感上达到了很好的平衡。他这样概括自己的诗观：我推崇韦伯恩的一句话，"在多变中不变，在对称中不对称，既永远相同，又永远不相同"。著有诗集《森子诗选》《面对群山而朗诵》《平顶山》《闪电须知》、散文集《若即若离》《戴面具的杯子》等，主编、与人合编《阵地》诗刊十卷、《阵地诗丛》十种。

（张曙光 注）

夕光中的蝙蝠

西 川

在戈雅的绘画里它们给艺术家[1]
带来了噩梦。它们上下翻飞
忽左忽右;它们窃窃私语
却从不把艺术家吵醒

说不出的快乐浮现在它们那
人类的面孔上。这些似鸟
而不是鸟的生物,浑身漆黑
与黑暗结合,似永不开花的种籽[2]

似无望解脱的精灵
盲目,凶残,被意志引导
有时倒挂在枝丫上
似片片枯叶,令人哀悯

---

1. 西班牙著名画家戈雅(1746—1828)在其晚期绘画中经常描绘噩梦,并伴随着上下翻飞的蝙蝠。

2. 以"永不开花的种籽"来形容这些似鸟而不是鸟的黑暗中的生物,出人意表,但又耐人寻味。

而在其他故事里，它们在
潮湿的岩穴里栖身
太阳落山是它们出行的时刻
觅食，生育，然后无影无踪

它们会强拉一个梦游人入伙
它们会夺下他手中的火把将它熄灭
它们也会赶走一只入侵的狼
让它跌落山谷，无话可说

在夜晚，如果有孩子迟迟不睡
那定是由于一只蝙蝠
躲过了守夜人酸痛的眼睛
来到附近，向他讲述命运

一只，两只，三只蝙蝠
没有财产，没有家园，怎能给人
带来福祉？月亮的盈亏褪尽了它们的
羽毛；它们是丑陋的，也是无名的

它们的铁石心肠从未使我动心

直到有一个夏日黄昏
我路过旧居时看到一群玩耍的孩子
看到更多的蝙蝠在他们头顶翻飞

夕光在胡同里布下了阴影
也为那些蝙蝠镀上了金衣
它们翻飞在那油漆剥落的街门外
对于命运却沉默不语

在古老的事物中,一只蝙蝠
正是一种怀念。它们闲暇的姿态[3]
挽留了我,使我久久停留
在那片城区,在我长大的胡同里

| 旁白:

| 一、该诗写于 20 世纪 90 年代初,也就是诗人自己所说的
当历史"强行进入"其视野后写下的一首诗。这不仅是
我们理解这首诗,也是理解一个诗人的成熟的重要背景。

---

3. 这就是西川的风格,即使在他面对命运的威力时,也能保持住一种从容优雅的姿态。

二、"黄昏到寺蝙蝠飞"（韩愈《山石》），但到了西川这首诗里，蝙蝠不仅是黄昏中的一个细节，诗人还要通过这种"似鸟而不是鸟的生物"来讲述一种古老、沉默的命运。我一直喜欢这首诗，不仅因为它有一令人惊异的思维能力，一种博尔赫斯式的玄学，更为感人的是，在诗的最后，诗人把这一切和自己的生活联系了起来——当他路过旧居、看到更多的蝙蝠在一群玩耍的孩子头顶上翻飞时，他被"挽留"下来，而我们也被"挽留"了下来，并因为这样一首诗，久久停留在我们每个人"从小长大的胡同里"。

西　川

（1963—　），原名刘军，祖籍山东，生于江苏徐州，长于北京。1974年考入北京外国语学院附中，1985年毕业于北大英文系，曾在《环球》杂志从事编辑工作，现为中央美术学院文学教授、图书馆馆长。西川上大学期间开始写诗，并与海子、骆一禾结识，并称北大三诗人，著有诗集《虚构的家谱》《大意如此》《西川的诗》、随笔集《让蒙面人讲话》《游荡与闲谈》、诗文集《深浅》、诗论集《大河拐大弯》及译著等十多种，曾获鲁迅文学奖、"诗歌与人"奖、中坤诗歌奖等。西川是朦胧诗后较早获得声誉的诗人之一,他的诗视野开阔,风格优雅,技艺娴熟,八九十年代以来产生了广泛影响,并波及诗歌以外。

(王家新 注)

飞 行

蔡天新

当飞机盘旋,上升
抵达预想的高度
就不再上升[1]

树木和飞鸟消散
浮云悄悄地翻过了
厚厚的脊背

临窗俯瞰,才发现
河流像一支藤蔓
纠缠着山脉[2]

---

1. 对借助现代交通工具飞机飞行的观察和描绘,暗合了古人关于飞行的想象。苏轼词云:"我欲乘风归去,又恐琼楼玉宇,高处不胜寒。"即使渴望飞升,古人也担心飞得太高,那理想的去处未必能够适合他的生存。因此,"预想的高度"是必要的。

2. 二、三两节写到透过飞机的舷窗望出去,诗人观察到的风景。其特征是静、慢,日常所见事物(如云彩)与我们的(地理)关系也发生了变化。

一座奢华的宫殿

在远方出现

犹如黄昏的一场游戏[3]

所有的往事、梦想和

人物，包括书籍

均已合掌休息[4]

2000年5月，麦德林

旁白：

一、"飞行"这个词最能激发诗人的梦想。在诗人眼中，"飞行"不仅是一种身体浮游于空中，自由自在地去那令他向往的地方，而且，还是一种与精神、灵魂的超越境界相应的途径。

二、从一个"预想的高度"观察，平常所见事物都发生

---

3. 这节着力刻画的一座远方的"奢华的宫殿"（天上还是地下的？），竟然在诗人的感受中犹如"黄昏的一场游戏"。原来在高处看，人对日常事物的感受会发生巨大的变化，从事物的形体到其运行方式，正应了古人所说的"登高之博见"。"黄昏的一场游戏"极言所谓"奢华的宫殿"其实短暂、偶然和渺小。

4. 如果说二至四节，诗人由飞机舷窗向外看，那么最后一节就是诗人审视内心。在观察到事物的变化之后，诗人的内心也发生了改变，此刻，"所有的往事、梦想和/人物，包括书籍"均获得了"合掌休息"般的慈悲的宁静，这种宁静其实是诗人感受到的灵魂的升华。

了变化,诗人抓住了这种经验,并清晰准确地把它描绘出来。而由观察的经验过渡到内心的安静,这一切都是借助高空飞行所得。读这首诗,让我心生奇想:怪不得佛家构想的极乐世界以及生活于其间的菩萨们都在需要我们仰望的高高的空中。

三、读蔡天新此诗,让我联想到歌德的一首短诗,似也是抒发在"预想的高度"之所感,兹录于此:"一切的峰顶 / 沉静, / 一切的树尖 / 全不见 / 丝儿风影。/ 小鸟们在林间无声等着罢:俄顷 / 你也要安静。"(《浪游者之夜歌》,梁宗岱译)

蔡天新

(1963—),生于浙东台州,十五岁入山东大学,途中第一次见到火车。读研时开始写诗,现任教于浙江大学,并以数学教授或诗人身份遍游世界。有文学和学术著作二十多部,外版著作十多部,近作有诗集《美好的午餐》《日内瓦湖》、随笔集《数字与玫瑰》《数学传奇》《轻轻掐了她几下》、旅行记《里约的诱惑》、摄影集《从看见到发现》及《小回忆》等。他早期受超现实主义绘画影响,注重描绘内心世界和拼贴技艺,近年来常从旅途中获取灵感;从英文和西文译介多位诗人,其散文作品也以"轻淡雅驯、诙谐隽永"的文风赢得声誉。虽交游同代诗人,却未参加小团体,这一风格也体现在他创办的民刊《阿波利奈尔》和编辑的诗选中。

(周瓒 注)

我已从悲伤中逃脱

郑单衣

现在,我要歌唱那新鲜的血液振荡的心[1]

当五月的槐树神起舞

在催促生长的大风中,撒完了

她的白花粉

现在,我要歌唱天真的白日梦

和那内心雪白的槐树神!

现在,我要满怀喜悦

歌唱那茂盛的起舞的槐树神

仿佛天使们又在树中漫步

哦,振荡的心!她是

我的太阳,我的财富,我的性命!

当我在那清香的走廊里

---

1. "新鲜的血液振荡的心"是一个含糊但魅力因此倍增的句子。可读作"(被)新鲜的血液(所)振荡的心"或"有着新鲜的血液的振荡的心",也可读作"新鲜的血液、振荡的心"。我倾向于前者。

遇见了寂寞的槐树神!

"这不是梦吧?"振荡的心
"这不是梦吧?"

当成群的燕子起舞,翩翩地,领着我们
心跳急促,伴着那五月的槐树神!

看啦,风向偏南,天色转青
仿佛爱情又在树林中私语
"这怎么是梦呢?"
当新生的枝叶起舞
撒完了她那芬芳的白花粉

现在,我要来饮酒,做梦
书写那美丽的槐树神!
现在,我要让五月的大风吹拂得更起劲!

当我们累了
躺下,向着一颗遥远的星

1990 年 4 月

旁白：

一、这首诗我记得是在20世纪90年代初期的民刊《现代汉诗》上读到的。初读时感觉还不是很强烈，但当我试着读出声，朗诵它时，整个效果便出来了。接着我连续朗读了几次。后来我曾以同样的方式朗读给几位朋友听，他们也都给迷住了。所以，这首诗最好是读出声来，因为它真是在歌唱的。这种歌唱，或者说歌唱感，主要通过一些重复的句法和字眼来传达，例如"现在，我要歌唱"和"槐树神"等。但所有这些重复和呼应，都是即兴式的，自然而然的，绝无刻意安排的痕迹，例如"现在，我要歌唱"到了第三次重复时，变成"现在，我要满怀喜悦／歌唱……"不仅节奏随之变了，而且"歌唱"的跨行也使着重点变了。再如"振荡的心"，第一次是描述的对象，第二次是祈使的对象，第三次却颇含糊，好像没有着落似的，正好与"这不是梦吧"相称。

二、槐树神在这里很神秘，她是诗人逃出悲伤的原因或结果：他遇到槐树神（例如遇到爱情，遇到令他喜悦的生命的转折点）而逃出悲伤，或他逃出悲伤之后遇到槐树神（象征逃出悲伤后的喜悦心境）。第三节的"她"看似指槐树神，但也有可能是指诗人遇到的女人，也即构成"我们"（我和她）的那个人。

三、诗中最富节奏感的,是第一节最后一行跨至第二节第一行,这一自然而有力的跨行,加上那耀眼的意象"内心雪白",使这句子的魅力倍增;紧接着"现在,我要满怀喜悦/歌唱那茂盛的起舞的槐树神"中,使用两个"的"字,尤其是后一"的"字使那原使人觉得已经要放缓、停止的节奏又突然猛地上升。这样,全部四行诗加起来,构成这首诗的丰富、饱满的节奏之高潮,其他诗行其他句子,则是这高潮的前奏、退潮、回荡和小高潮。

郑单衣

(1963—),生于四川自贡,毕业于西南师范大学,之后任教于贵州农学院。1990年中期去北京,1998年移居香港。郑单衣大约于1985年开始写诗,1988年自印一本诗集《诗16首》。他早期最重要的发表园地,或者说最为人知的发表园地,应是严力在纽约创办的《一行》。他像一些喜欢狄伦·托马斯的诗人如多多、黑大春那样,写起诗来呕心沥血,且强调音乐性,属于歌唱型的诗人。直到2003年,郑单衣才在香港正式出版诗集《夏天的翅膀》(中英对照),为他赢得迟来但应得的声誉。

(黄灿然 注)

苏东坡和他的朋友们

李亚伟

古人宽大的衣袖里
藏着纸、笔和他们的手
他们咳嗽
和七律一样整齐[1]

他们鞠躬
有时著书立说,或者
在江上向后人推出排比句
他们随时都有打拱的可能

古人老是回忆更古的人
常常动手写历史
因为毛笔太软

---

1. 七律,那种每首八行每行七字的整齐格律,象征着古代的社会文化秩序。在这种秩序下,连咳嗽都必须整齐起来,当然是一种夸张的修辞。

而不能入木三分 [2]

他们就用衣袖捂着嘴笑自己

这些古人很少谈恋爱

娶个叫老婆的东西就行了

爱情从不发生三国鼎立的不幸事件

多数时候去看看山

看看遥远的天

坐一叶扁舟去看短暂的人生

他们这些骑着马

在古代彷徨的知识分子

偶尔也把笔扛到皇帝面前去玩

提成千韵脚的意见

有时采纳了,天下太平

多数时候成了右派的光荣先驱 [3]

---

2. 李亚伟善于在诗中活用(或故意误用)成语。这里,"不能入木三分"的原因与其说是归结于毛笔的柔软,不如说是归结于传统文化批判性的不彻底。或者说,毛笔的柔软隐喻了整体的传统文化的柔弱。

3. 古代的士人都是文人墨客,故而诗人想象他们用押韵的美文来进谏。但政治却不需要美文,权力每每造成文人的悲剧。古代文人墨客的遭遇和现代知识分子的遭遇相呼应,形成了他们共同的辛酸史。

这些乘坐毛笔大字兜风的学者

这些看风水的老手

提着赋去赤壁把酒

挽着比、兴在杨柳岸徘徊[4]

喝酒或不喝酒时

都容易想到沦陷的边塞

他们慷慨悲歌

唉，这些进士们喝了酒

便开始写诗

他们的长衫也像毛笔

从人生之旅上缓缓涂过

朝廷里他们硬撑着瘦弱的身子骨做人

偶尔也当当县令

多数时候被贬到遥远的地方

写些伤感的宋词[5]

---

4. "赋、比、兴"是古典诗歌常用的手法。这里，诗人把这些能够信手拈来的修辞策略具体化甚至拟人化，比作可随身携带的贴身之物或人。"赤壁"的典故出自苏东坡的《赤壁赋》和《念奴娇·赤壁怀古》，"杨柳岸"的典故出自柳永的词《雨霖铃》。

5. 苏东坡由于参与朝廷政事而触怒皇帝，一生中多次被贬谪，先是徐州，再是杭州，再是山东蓬莱，然后是广东惠州，最后是天涯海角的海南岛。

旁白:

一、李亚伟的诗大多具有强烈的喜剧风格,这首也不例外。在他的笔下,那些整齐地咳嗽、把笔扛到皇帝面前、硬撑着瘦弱的身子骨的文人墨客,受到了既同情又尖锐的调侃。

二、李亚伟的诗往往具有含蓄的批判性。这首诗反映了20世纪80年代"文化热"中对传统文化的反思,对传统文人境遇以至于现代知识分子境遇的探察。

三、从这首诗中我们也可以看出,诗的批判不是通过说理,而是通过各种修辞手段——明喻、暗喻、误喻、夸张、突降、拟人等来引发更独特的效果与思考。

李亚伟

(1963—),出生于重庆酉阳,现居北京和云南。1982年开始现代诗创作,1984年与万夏、胡冬、马松、二毛等人创立"莽汉"诗派,翌年与万夏等创办民刊《中国当代实验诗歌》。90年代中期开始下海经商,跻身于首批成功的二渠道书商,但并未停止诗歌写作。他的诗语言鲜活,想象奇妙,充分发挥了汉语的可能,其代表作《中文系》曾传诵一时。著有诗集《豪猪的诗篇》曾获华语文学传媒大奖2005年度诗人奖。2013年,他的长诗《河西走廊抒情》获得首届鲁迅文化奖年度诗歌奖。

(杨小滨 注)

玻 璃

梁晓明

我把我的手掌放在玻璃的边刃上
我按下手掌
我把我的手掌顺着这条破边刃
深深往前推
刺骨寒心的疼痛。我咬紧牙关

血,鲜红鲜红的血流下来

纯洁向我展开

1989 年

| 旁白:

一、这首诗几乎不需要注释。它是一首体现语言神秘魅力的典范之作，一把锋利的语言的刀子。作者看似白描般的叙述，却能够令读者立即产生心理和生理上强烈的刺激。

二、我奇怪于这样一首残酷极端

读到惠特曼的诗歌《草叶集》后兴奋不已,遂开始写诗。早期诗歌充满浪漫的激情,如《我歌唱自己》。后来读到罗马尼亚诗人斯特内斯库的作品,诗歌呈现极端主义的倾向。20世纪90年代以来,对生活的平视能力大大拓宽,抒情性与哲理并重。先后参与、创办《非非》《北回归线》,兼任《诗江南》副主编,2003年主持拍摄电视诗歌系列专题片《中国先锋诗歌》。代表作有《开篇》《告别地球》《死亡八首》等。

(蓝蓝 注)

离题的情歌

杨小滨

我睁开你的眼睛。[1] 我无法凝视的
眼睛,让我失明。
让我瞥见的花朵
在你的春意中阑珊,你一回眸
我的美人就苍老无比。
你一转眼,风景把我席卷而去。
我看见的,就是你
眼底的海,是你的目光
淹没了我。是我清晨醒来的时分
一只瞳仁般的鸟飞去
带走了你,和你镜中的睡姿。

我张开你的嘴唇。我无法亲吻的
嘴唇,你饮的酒
灌醉了我。我歌唱

---

1. 起句十分平淡,看似随随便便的一句诗,就为全诗定下了基调。

你的声音刺痛我。我忍受

你的饥渴,我吞食

你嘴里的花园纷纷飘落

我吐出你的早餐

你的絮语,你的尖叫。[2]

静下来,让我用你的舌头

说话,那一句

你的梦呓,我遗忘已久。

我伸出你的手。我无法握住的手

穿过黑夜,我的阴影。

我捏成你的拳头

你用手背上的月色

掀倒了我。是我握住的指

刻出你的掌纹,是我

用窗外的风抚摸你的伤口

我疼痛。我的手指战栗

插入你的呼救,用你拥抱

在我胸前的双手

---

2. 作者有意将"我"与"你"两者弄混,制造了一种在情爱的胶合状态中的"间离"效果。

剪断我的祷词,扼住我的呼吸。[3]

| 旁白:

一、作者用最朴实的语言,如我睁开你的眼睛、我张开你的嘴唇、我伸出你的手等,转换了读者的视角,从而取得了新的阅读效果。这实际上是阿根廷作家博尔赫斯喜欢的"绕到桌子对面"审视自己的一种手法。这使得这首爱情诗更像一首"闺阁诗"。

二、正是通过转换视角和角色,使作者,也使我们获得了以前没有过的审美体验。如"我伸出你的手/我无法握住的手"这个句式,因为伸出的是你的手,而想要握住的其实也是你的手,所以变成了无法握住的手,运用得十分合理。

三、作者显然在尝试一种超现实主义的写法,这种写法如果运用得当,将创造一种新的神奇;但如果运用不当,会使诗变得晦涩。

---

3. 这首诗始终处在一种亲密的状态下,而扼住呼吸显然是十分疯狂的动作。

杨小滨

（1963— ），祖籍山东莱州，又名杨小滨·法镭，出生于上海一个歌唱家家庭。1985年毕业于复旦大学中文系，曾在上海社科院任职。1989年赴美留学，1996年获耶鲁大学哲学博士学位，2000年加入美国籍。曾在密西西比大学教授中国文学，现为台湾"中研院"文哲所研究员。担任过台湾《现代诗》主编。著有诗集《穿越阳光地带》《景色与情节》《在语言的迷宫里》（英汉双语）及多种理论专著。他的诗歌看似随手拈来，实质构思巧妙，反讽意味重，并注重修辞，后现代的意味越来越重。另出版观念艺术与抽象诗集《涂抹与踪迹》，并在两岸多次举办摄影展。

（余刚 注）

最后一夜和第一日的献诗

海 子

今夜你的黑头发[1]
是岩石上寂寞的黑夜
牧羊人用雪白的羊群
填满飞机场周围的黑暗[2]

黑夜比我更早睡去
黑夜是神的伤口
你是我的伤口[3]

---

1. 诗中的"你",可以设想为一个想象中的对话者。对此可参见德国哲学家马丁·布伯的《我与你》:生命的意义就在于构建一种"我与你"的关系——爱情是这样,信仰也是这样。该诗中的"你"也应这样理解。她在场而又缺席,不在身边却又历历在目。她头发的黑,是岩石上寂寞的黑夜。

2. 机场是用来供飞机起落的,在诗人看来,也是用来沟通和聚集"天地神人"这四重性(海德格尔语)的。诗人要用羊群和雪填满它周围的黑暗,正是为了让这种诗思起飞。而这个比喻,或许还出自帕斯捷尔纳克,帕氏在回忆少年时代时说:"不管以后我们还能活几十年,都无法填满这座飞机库。"(《安全保护证》)

3. "黑夜比我更早睡去",因为"黑夜是神的伤口",它疲倦了。但我们年轻的诗人却难以睡去,因为他那刻骨的爱也是伤口,永不治愈的伤口。诗人这么一想,便感到"羊群和花朵也是岩石的伤口",它们呈现出大地的美丽,但也带着大地的伤痛。

羊群和花朵也是岩石的伤口

雪山　用大雪填满飞机场周围的黑暗
雪山女神吃的是野兽穿的是鲜花
今夜　九十九座雪山高出天堂[4]
使我彻夜难眠

1989年1月

旁白：

一、"我已走到人类的尽头"，海子曾如是说。在这首诗中，诗人独自在"人类的尽头"面对他的伤痛，他的岩石上寂寞的黑夜，还有他那无言的神。这是他的"最后一夜"，其寒冷和哀伤都到了一个极限，但也是他的曙光即将升起的"第一日"。他的"死"和"复活"就这样联系在一起。这是海子最令人惊异的诗篇之一，读它时，"悲痛时握不住一颗眼泪"。但写出了这样诗篇的诗人是有福的，因为他已抵达本源。他创造出了如此奇绝、晶莹的诗歌境界！

---

4. 请注意这里的数字词，只能是九十九座雪山，一座也不能多，一座也不能少。这是一个极限数，是数字的形而上。海子是一个面向绝对和终极的诗人，他只能想出这样的数字。

二、"牧羊人用雪白的羊群／填满飞机场周围的黑暗",而到了后来,不是牧羊人用羊群,而是一种更伟大神秘的事物——"雪山"——要用它的大雪来填满机场周围的黑暗了。诗中的这个"乐句",不仅以其奇绝的意象和想象力给人留下深刻印象,它们的反复出现及其变奏,也形成了诗的结构和力量;可以说,没有这一次又一次的"填满",后面的九十九座雪山就不可能"高出"天堂。

天堂高不可问,而这九十九座雪山甚至高出了天堂。对此,我们只能和诗人一起颤栗无言。

海 子

(1964—1989),原名查海生,安徽安庆人,出身于农民家庭。十五岁考入北京大学法律系,大学期间开始写诗,后被分配到京郊的中国政法大学任教。1989年3月26日只身赴山海关卧轨自杀。在生前不到七年的时间里,他以惊人的创造力,写下了大量诗歌和剧本,自印诗集有《河流》《传说》《麦地之瓮》(与西川合著),死后经友人整理出版的诗集有《土地》《海子诗全编》《海子的诗》等。在海子死后,中国兴起了"海子热",诗人成为"青春偶像",他的《面朝大海,春暖花开》受到广大读者由衷的喜爱;他那充满激情和天才的诗,还有他那自我选择的死,几乎成为一个神话。

(王家新 注)

新诗的百年孤独

臧棣

关于你的诗——
我猜想,它比你本人
更适应这里的自然环境。
它绕开了遗传这一关。[1]

它吸收营养时,像一株晃动的玉米,
它睡觉时,像一只怀孕的野狗。
它散步时,像一条小河流过
横匾般的铁路桥。[2]

---

1. 如题所示,这首"关于诗的诗"篇幅虽小,处理的却是如何看待百年新诗这样一个庞大的话题,作者并不迂回,一开篇就通过"它比你本人/更适应这里的自然环境。/它绕开了遗传这一关"。透露出作者在这一问题上的基本立场:在较为普遍的以古诗的辉煌来诘难新诗的批评声中,作者更加专注新诗如何"绕开"与古典诗歌传统的"遗传关系",以自身相对独立的美学特质来"更适应这里的自然环境"。

2. 这三个连珠炮似的比喻一个比一个异趣横生,足见作者在虚实万象之间寻找隐秘而生动的关联的能力。尤其是其中"怀孕的野狗"这一比喻,把不羁的野性和怀孕所带来的静谧糅合在一起,用来与"睡觉"之时的新诗作比,令人叫绝,特别是当我们联想到作者所认定的新诗"以自身为传统"的冒险特性与"野狗"之间的相似性的时候。

它解雇了语言,

理由是语言工作得太认真了。

它煽了服务对象一巴掌。它褪下了

格律的避孕套。它暴露了不可能。[3]

它就像一把木勺在不粘锅里指挥

豌豆的不宣而战。

这些豌豆尽管圆润,饱满,

但还不是词语。

关于我和你的关系,

你的诗是一幢还没有租出去的房子,

现场如此空荡,

就好像戒指是在别的地方拣到的。

它甚至结出了美味的丝瓜,

和我从早市上买回的,一样鲜嫩,

一样适合于色情的小掌故。

---

3. 与上一节的连珠炮比喻不同,这一节是一连串的戏剧化情境、一连串动作。这些情境和动作的设置具有高度的可感性,能够把新诗和语言、新诗和表达对象、新诗和格律的关系这样空大而抽象的问题让拟人化的新诗通过动态的情境自行演绎出来,作者的综合调控能力非常人所能比。

它是生活中的生活。[4]

它惊异于你回来的次数,

而我,尽量避免打听你曾去过哪里。

这就是你的诗。

是的,有一瞬间,它几乎不是你写的。[5]

旁白:

一、臧棣是一个哈罗德·布鲁姆所谓的"强力型诗人",这种"强力"并不仅仅体现在他诗歌行文的高度自信和雄辩上,更体现在他在主题、风格和表意策略上"神农尝百草"似的"敢为诗歌先"的精神。他认为"新诗就是新于诗",他像个诗歌领域的发明家,不断尝试

---

4. 在新诗中居然结出了和早市上买回的一样鲜嫩的丝瓜,新诗与日常生活说之不尽的吊诡关系被作者以如此可爱的方式点破。以此为基础,面对那些宣称新诗越来越远离生活的诘难,作者雄辩地提出——"它是生活中的生活"。

5. 用指代词之间的暧昧不明的关系营造精巧的表意迷宫是现代诗歌惯用的伎俩,作者尤好此术。在这首诗中,"我""你""它"之间的关系是极其耐人寻味的。"我"可以是诗歌中的陈述者,"你"可以是新诗写作者集体的缩影,"它"可以是集合态的新诗,但也可以把"你"看作作者自己,"它"是作者所书写的那种理想状态下的新诗,如是,则题目"新诗的百年孤独"既可以是关于百年新诗的孤绝境遇的,也可以是作者对自己诗歌孤绝境遇的预感式的自况。

新的方式来"绕过"某种可能是刚刚新成的、哪怕是由他自己促成的规范,他说:"我必须发明出好几种东西来推迟或分解某种正在成形的东西。"鉴于此,臧棣的诗歌有时不易用已有的解读法则去把握,但如果能认同他在《新诗的百年孤独》这首诗里对新诗(或者说他所写的那种新诗)的总体态度,就能够找到畅游"臧氏诗歌迷宫"的路径。

二、臧棣对写作行为本身具有非凡的洞察力,而这种洞察仅仅依靠他同时从事的研究和批评来传达还远远不够淋漓尽致。因此,并不怯于"以议论入诗""以诗歌本身入诗"的臧棣在1997年之后写下了一系列"关于诗歌的诗歌"("元诗"),《新诗的百年孤独》正是这一系列"元诗"之中的一首。臧棣对这个因对《百年孤独》的戏仿而显得意味纷呈的标题非常着迷,他甚至准备写一本叫作《新诗的百年孤独》的书。

臧　棣

(1964—),本名臧力,生于北京。1983年考入北京大学中文系,毕业后曾短暂从事新闻工作,后返北大深造,获博士学位后留校任教至今。从大学时代起,他一直保持旺盛的写作活力，在高蹈的智性与生动的可感性相互交融的基础上，风格变幻莫测。著有诗集《燕园纪事》《风吹草动》《骑手和豆浆》《小挽歌丛书》等，按照他惯常的进度，其"产量"必将超过陆游创下的九千首诗纪录。臧棣是当代汉语诗歌最重要的活力策源点之一，也是"新诗"观念和技艺形态不断得以刷新的主要推动者之一，其影响力之深远难以估测。臧棣曾获珠江诗歌大奖、华语文学传媒诗人奖、首届苏曼殊诗歌等奖项。

（胡续冬 注）

凯 旋

默 默

不要讥笑我哭得像刚从河里挣扎到岸上

我感到秋天般地负债 [1]

我明白了一切

我失落了一切

让我痛痛快快地告别你们

到森林把自己磨炼成老虎 [2]

再进化一次

让我带走太阳吧

等城市重新使用松明 [3] 我再回来

找一个梦想主宰季节的中国孩子

打算逃跑和沉默

---

1. 秋天是收获的季节,一场恸哭后的"我"认知却不同,"负债""失落",点出了一个理想少年的"时代痛症"。默默20世纪80年代同时期的诗作另有名句:"我们不沉甸甸中国就无法收获。"

2. "把自己磨炼成老虎",以至下一行的"再进化一次",以"童话+神话"式的想象,渴望完成少年的"成年礼",是生命的一次全新介入,一次自我拯救和唤醒。

3. 松明,荒蛮中的照明物。对需要重新使用它的城市来说,也是带来新文明开始的一种火种。少年的诗意狂想,足以在拟"童话"和拟"神话"之间恣意汪洋。

和一个不管慧不慧⁴的女人结婚

太阳在我怀里从此是一枚剪纸爱情也是

只有云、只有火、只有石头

才是沉默的典范⁵

1983

旁白：

一、默默的诗作，很多我认为都可以编入《给孩子的诗》《给孩子们的诗》之类的选本，作为现代汉语诗歌启蒙的范例性作品，经得起"大人"和"孩子"的双重"考验"。

二、在当代诗歌中，默默的创作，超越了现代汉语文学范畴内现实主义与现代主义之间貌似不可调和的美学冲突和迷误，以他独特的诗意路径实现了现实主义的现代性理解和现代主义的现实性型构，而对时代现实主题或题材的积极处理，并未导致惯常在诗歌出版物上大量可见的庸作、诗学意义上的偏离乃至失败，

---

4. 此处是"慧"，至少是智慧的"慧"；不用贤惠的"惠"，也不置理另一个"会"——会做饭、会照顾人等。爱的"义"无反顾跃然纸上。如果从女性主义的立场解读，也可以是一个有趣的视角。

5. 此诗中有两处出现"沉默"，第一次是人做出的，第二次是物。"天地有大美而不言"，少年诗人的行动和感悟，面对或避让时代的突入及喧嚣时，始终试图在勇敢地接近一种超越。

却对现代汉诗技术主义流弊做出了某些纠正。

三、默默早期诗歌中所呈现的天才性的少年风乃至童稚气所带出具有令成人震惊效果的诗意景观和意涵，可与另一个被称"童话诗人"的顾城做一比较。有读者认为，默默是"小孩写大人的诗"，顾城是"大人写小孩的诗"。

默 默

（1964— ），本名朱维国，生于上海。1979年开始写诗，读高中和冶金专科学校（现上海应用技术大学）时他就是组织发动全班同学"狂热"写作的"诗歌领袖"，"离经叛道"的文学生涯由此展开。1984—1985年先后参与发起创办民刊《海上》和《大陆》；也与京不特、胖山、软发一起成立"撒娇诗派"，尝试推动中国文学稀见的后现代风格及"黑色幽默"美学实践。2001年和2008年先后在上海、香格里拉创办撒娇诗院。2004年，出版费时三十年的史诗三部曲《宇悄悄地反对宙》《与世界谈谈心》《在中国长大》。默默有语："谁在拯救我们的汉语？"这样的叩问，甚至拷问，成为诗人的自我律令。

（孟浪 注）

关于人的常识

叶 辉

每一个人
总有一条想与他亲近的狗
几个讨厌他的日子
和一根总想绊住他的芒刺

每一个人总有另一个
想成为他的人,总有一间使他
快活的房子
以及一只盒子,做着盛放他的美梦

人行道上的那个广告牌前
站着一个已经死去的人的儿子
他站在父亲以前站立的地方

还有,你如何解释
那只曾向你道了永别的手
如今在某个院子里,正握着

发烫的长柄锅

旁白:

一、诗人就是诗人,各有所长。例如多多、黑大春、郑单衣擅长用耳朵,而耳朵不灵的于坚则擅长用眼睛。叶辉属于另一个例子:突发奇想。这首诗,写的是偶然与必然的关系:它列举的场面都是偶然的,其标题和重复的"每一个人",则似乎表明一种必然。

二、不管是"一条想亲近他的狗",还是"几个讨厌他的日子",看上去都是强制性的,没道理的,但谁也不能否认其可能性、真实性和必然性。这种强词夺理,是有根据的。譬如我们会偷偷爱上某个或某几个人,这是我们自己知道和肯定的,但是我们也被某个或某几个人偷偷爱着,这却是我们所不知道的或不敢肯定的。这里,诗人无非是取消我们知道和肯定的那部分,而呈现我们不知道和不敢肯定的那部分。

三、一个儿子站在死去的父亲曾经站立的地方,这有什么稀奇?某个人以挥手或握手与你道别,而后来在任何时刻任何地方那只手做任何事情,例如握住另一只手或握住门把手,或长柄锅,那又有什么稀奇?但经诗人的突发奇想和巧妙并置，它们变得如此稀奇。这就叫作化腐朽为神奇。上述种种角度的解释，都可归结为"发现"。作者发现了明显的事物之间各种暗藏的关系。

叶　辉

（1964—　），江苏人，具体一些，是出生于高淳县一个叫桠溪的山区小镇。十二岁随家迁至县城，高中毕业后进税务所（现为税务局）工作，同时开始写诗。如果他读大学，那应该是在读大学时开始写诗。这又是一种偶然与必然。与那种在大世界写诗给小眼界的人看的诗人不同，他是那种在小地方写诗给大世界的人看的诗人。如今他住在高淳县附近（似乎连县城也不大适合他）一个湖边半岛上（大概不是一般人住得起的）。叶辉的诗歌语言十分简约，其视域却神出鬼没。出版有诗集《在糖果店》《对应》。

（黄灿然　注）

追随兰波直到阴郁的天边

潘 维

追随兰波直到阴郁的天边[1]

直到庸人充塞的城池

直到患寒热病的青春岁月

直到蓝色野蛮的黎明

直到发明新的星,新的肉,新的力[2]

追随,追随他的屈辱和诅语

追随他在地狱里极度烦躁的灵光

追随几块阿拉伯金砖

那里面融有沙漠和无穷

融有整个耗尽的兰波

追随他灵魂在虚幻中冒烟的兰波

甚至赤条条也决不回头

---

1. 兰波在这首诗里自成一个世界,一个翱翔在庸常世界之上的世界,却又是一个比庸常世界更为沉溺的世界。

2. 能够"发明新的星,新的肉,新的力",所以兰波才值得追随——他的世界恰是现代诗世界一个引人迷醉的方面。

做他荒唐的男仆,同性恋者[3]

把疯狂侍候成荣耀的头颅

把他的脸放逐成天使的困惑[4]

> 旁白:
>
> 一、追随兰波也就是追随一种诗歌,然而,追随兰波更是在定义一种诗歌,顺便也定义了只配——其反面则是不配——追随这种诗歌的人生。
>
> 二、兰波是一个彗星般一闪而过的天才诗人,只有短短五年的写作期和三十七年狂放不羁、颓废叛逆的人生。追随兰波于是就关乎现代诗人怀有自我毁容激情的悲剧英雄形象的塑造——这首诗的主题在此。

---

3. 十来行从兰波的生平和诗篇里化出的排比句所塑造的"灵魂在虚幻中冒烟"的兰波形象,令诗人上瘾般"甚至赤条条也决不回头"地亡命追随。

4. 以兰波为名、为榜样和对象的"荒唐""疯狂"之沉溺和扈从,"放逐"至于"困惑",已成为诗人去突破禁忌、冒犯世俗的自我意识。

潘 维

（1964— ），浙江湖州人。出生于安吉孝丰镇一个人丁兴旺的大家庭，儿时多病，受到家族里众多女性的宠爱。十岁时随父母迁居邻县长兴县城，中学毕业后做过巡回各乡的电影放映员等工作；1997年移居杭州，做过影视公司制片人；2014年到海南三亚某学院任教。潘维于20世纪70年代末因读到普希金和拜伦的作品开始写诗，他一贯的基本主题为女性、时光里的江南及作为审美化生存的诗人和诗歌，其才华和贡献在那些描绘水乡历史风貌和生命体验的诗篇里展现得尤为精彩。著有《潘维诗选》《水的事情》《梅花酒》等诗集。

（陈东东 注）

我必须通过[1]

阿 芒

我必须通过

女儿的

阴道

再被出生一回[1]

很痛　这一次

里面和外面的

疼痛

圆满

没有缺憾[2]

那种痛杀死公牛

远远　在它决定

冲上来以前

---

1. "必须"一词强调了对于体验与认识的肯定和坚决。"通过女儿的阴道再被出生一回",既像是写"我"(母亲)生育女儿的颠倒设想,又像是对于"我"曾由母亲生下来的那个瞬间的不满,有缺憾。此处,出生和生育合而为一,奇妙地变成了一个女人最为强烈而独特的生命体验。

2. 生育的疼痛向来只是母亲的经验,但此处,被女儿出生一回的我,也有了一份圆满的疼痛。

在它的奔跑

成为速度和

刀锋 [3]

我们掷出了果子

但这一次

巧妙地

保持了

弹性 [4]

没有惊动和

扰乱

世界的转动

没有面具在

架上

要求脸 [5]

我们爬上

梯子到舞台

天花板顶端

---

3. 被刺的公牛冲向斗牛士般的迅速和锐利,这个比喻在此究竟暗示女人生产时刻的疼痛,还是指被再次出生时体验的痛远甚于斗牛场上公牛所忍受的痛呢?根据上下文,可能更多地是指后一个意思。

4. 掷果子,当然不是斗牛了,更像是逗牛,或游戏,而且是胸有成竹地把玩的游戏。

5. 这几句描述被再次出生一回的经验的发生是隐秘的,是母亲和女儿之间的契约,所以没有惊动和扰乱"世界的转动",并且是无须戴着面具进行的真实的经验。

调整

了

投射灯的

方向 [6]

旁白：

一、一眼望去，此诗诗句简短，节奏急促，灵敏。

二、出生是一个人来到世上的时刻，生育则是将新生命带到世上的时刻，对于一个女人来说，出生和生育就必然是两个互相交叠的双重经验。在诞生女儿、养育女儿中，母亲深刻地体验到一种被再次诞生的痛楚和完满，这就是敏感的女诗人更独特的女性经验了。

三、阿芒对于女性经验的书写，能够奇特地保持一种平衡，即对于女性经验的强调并没有导向一种激烈的极端的性别态度，而是在一个类似舞台的世界上，找到了她独特的身份和位置。

四、这首诗的表层含义，是揭示女性独特的生命经验，关于诞生、生命的延续的女性观察。它也是对女性诗

---

[6]. 由"面具要求脸"联想到一个舞台场景，而在这场再出生的经验里，"我们"不是舞台上的表演者，倒更像是这个世界舞台的灯光师。

歌及其传统的延续性的一个隐喻表达。我记起华兹华斯的一句诗：婴儿乃成人之父。阿芒的诗，与华兹华斯的诗句构成了一种奇妙的性别对称/对抗关系。

阿 芒

（1964— ），台湾花莲人，现居台北，为小学英语教师。1995年开始写诗，作品常在《创世纪》《笠》《现在诗》和《翼》等杂志发表。出版有诗集《on/off》《没有爹》《女战车》《我紧紧抱你的时候这世界好多人死》。鸿鸿认为，阿芒的"诗质饱满，应该细读，却又拒绝细读——说'拒绝'有点夸张，但事实是，她的节奏一如飙飞的爵士乐，让人一脚踏入即无法停步，只能随她顺流直下。这正是阿芒的魅力，以本乎直觉的音乐性，述说本乎直觉的感受"。她的作品细致地折射出女性诗歌在20世纪90年代以来的新风格实验，也丰富了身体写作的内涵。

（周瓒 注）

咖啡馆

小 海

咖啡馆坐落在临海的小岛上
远航者
　　　　老远
望到它的尖顶

从泛腥味的海滩
　　　　　　爬上去
是一条鹅卵石黄土道
绕了教堂
通到这家咖啡馆

咖啡馆的招待
是个想当水手的孩子
还要把岛上的岩石
涂上鲜艳的颜色[1]

---

1. 这一笔，使这首朴实、单纯的诗，突然有了一抹惹眼的色彩。

褐发的女人

是他母亲

美丽异常

在远远的地方

微笑起来很迷人

你见过

你见过……

1981 年

旁白：

一、我第一次读到这首诗，是在20世纪80年代中期老木编的《新诗潮诗集》。诗中的咖啡馆，似乎只是那个想当水手的孩子的背景，而那孩子，最终又似乎只是他那位褐发的母亲的背景。对这位年轻母亲的描述，只用了简单的几笔，却如此美丽动人。

二、读这首诗时，除了被那位母亲迷住之外，也被诗中"望到它的尖顶"和"爬上去"这两行诗前留下的空白所吸引。也被如此低的语调所吸引。

三、现在重读才发现，那些空白，除了本身给这首诗及其场景留下更多空间之外,实际上也起到了放低语调的作用。

小 海

(1965—),本名涂海燕,出生于江苏海安。他是一位早熟的诗人,写《咖啡馆》时才十七岁。写作不久即结识老诗人陈敬容,后来又结识诗人韩东,并成为《他们》的重要成员。小海的诗比较简洁,但带有神秘成分。他曾在一次采访中表示,希望四十岁或五十岁时能出一本自己的(正式的)诗集。不过他不用等那么久,他的诗集《必须弯腰拔草到午后》已于2003年出版了。之后一发不可收拾,出版过诗集《北凌河》、诗剧《大秦帝国》、对话录《陌生的朋友》、随笔集《旧梦录》等十多部,他的诗和评论获得过多种奖励。小海因诗名被免试推荐进入南京大学中文系,毕业后一直在苏州担任公务员。

(黄灿然 注)

机关枪新娘

唐丹鸿

那是纯洁的燃烧的星期几?

穿高筒丝袜的交叉的美腿一挺[1]

我吹哨:机关枪新娘,机关枪

你转动了我全身的方向盘

你命令我驶向了疯人院[2]

那是东边的火药瞄准西边的头发

那是愤怒的朝霞插入扳机的食指

那是大丽花突然抬起微风捂住乳房

那是你,把钢琴剧痛的脂肪往下按[3]

你的裸体在锉子六月下泛蓝

你的叹息给铜管乐划了一把叉

但愿我的鼻子形同手掌

---

1. 美腿总是性感的武器,"交叉"一词支撑了"机关枪"骄傲的形象。

2. 失去控制的武器开始错乱。

3. 开火,但打击的目标似乎是自身。

机关枪新娘,机关枪[4]

远远地,我抱着你的肩,捧着上面的香水

我是反光纠缠着钥匙私语

我是正光抽打的无知的阉人

我是闪身让你加速的高速公路

我是棉花、水银和……呜咽[5]

> 旁白:
>
> 一、寻找意义的读者读这首诗无疑会大失所望。这首诗的全部意义都在它的表达形式中。
>
> 二、女人本身就是武器,她进攻的身体变成了失控的汽车、爆炸的火药、错乱的扳机,而被击中的目标则是头发、乳房、赤裸的身体。这个被爱情或者别的什么搞疯的女人是一挺形象火爆的机关枪,但最终打击伤害的目标又是她自己。
>
> 三、一切疯狂的征象都被诗人精心用词语安排到位,每一个看似胡言乱语的细节都被严格嵌合得了无痕迹。

---

4. "我"既是武器本身,又是武器持有者。

5. 失控的逻辑下是精心安排的每个词句。"呜咽"在最后当口说出了疯狂的缘由。

整首诗表现出的混乱和神经质,在最后一行诗的最后一个单词得到了解释。

唐丹鸿

(1965—),出生于成都,天蝎座,性格特立独行。1986年毕业于四川大学图书情报系,在华西医科大学图书馆工作四年后退职。先在成都一家画廊打工,后经营卡夫卡书店。曾二十多次游历西藏各地,拍摄了大量有关藏族人神秘习俗的素材,1998年2月制作了第一部纪录片《楚布寺》,后一度在成都万象纪录片制作公司任编导。其诗歌作品刻意追求言语的实验性和刺激,意象组合诡秘怪诞,具有丰富的想象力,代表作另有《次曲美人》等。2005年,诗人随夫移居以色列。

(蓝蓝 注)

日 子

树　才

日子光长叶，不开花 [1]

时间的碎块，
日常生活的粉末，
灰尘和臭味，可触，可闻……

日子光长叶，不开花

一些人被洪水卷走了，
另一些上岸换鞋，
就是没工夫看一眼周围……

日子光长叶，不开花

---

1. 主语错位，明明是人或树木光长叶，不开花，他却偏要说是日子。使用的是借代的手法。

赶路的脑袋上下错动,

平板车上的家禽站都站不稳,

有一棵树因缺氧而头疼……

日子光长叶,不开花

造不完的大楼,数不清的灯,

夜空广告牌上的月亮

被标上价出售……[2]

日子光长叶,不开花

时间的碎块,

日常生活的粉末,

这代人正把下一代往悬崖上推……[3]

悬崖上的日子光长叶,

不开花。

---

2. 这里几乎所有的三行诗所列举的都是光长叶,不开花的原因。但诗到这一节,突然富有诗意:夜空广告牌上的月亮/被标上价出售。也就是说,作者的情绪到了这里才突然波动、显露。

3. 这突如其来的一句,把诗歌的意义拉长了,它说明了这不仅仅是一代人的悲剧。

旁白：

一、翻开作者的大部分诗作，都写得这样简练，这在今天的诗人中并不多见。在这首诗中，所使用的词汇少之又少，翻来覆去的就那么几个词语，但奇怪的是，正是这种词语使这首诗芳香四溢。这使我确信作者熟悉法国诗人普列维尔的诗作。

二、这首诗使用了传统诗歌排比或反复的手法，加深了我们对日子光长叶，不开花的印象。使用十分得当。

三、这首诗的前面部分都是铺垫，只是到了最后一段，出现了诗歌的高潮。

树 才

（1965— ），本名陈树才，出生于浙江奉化，四岁丧母，在一个叫下陈的小村子度过孤寂的童年和少年。1983年考入北京外国语大学法语系，1990年至1994年曾任中国驻塞内加尔大使馆外交官。后在中国建筑总公司任职，2000年调入社科院外文所，现任《世界文学》杂志编委。树才曾与莫非、车前子一起倡导"第三条道路"写作。他的诗大多从日常事务着手，摒弃了外在的浮华与夸饰，简洁、有力、素朴、直观，造就了独特的艺术风貌。著有《单独者》《灵魂的两面》《声音》等诗集,勒韦尔迪、夏尔、博纳富瓦等的译诗集。2008年获法国政府颁发的"教育骑士"勋章。

(余刚 注)

一切的理由

蓝 蓝

我的唇最终要从人的关系那早年的

蜂巢[1]深处被喂到一滴蜜。

不会是从花朵。

也不会是星空。[2]

假如它们不像我的亲人

它们也不会像我。[3]

旁白：

一、这首诗短小而简洁，但内涵却相当丰富。诗的标题向我们暗示了诗中提及的对于诗人非常重要，是一切的理由，即最为根本性的东西。

二、诗中用语简练，意思曲折、委婉，并大量使用了暗

---

1. 蜂巢喻指"人的关系"，也顺理成章地引出了"蜜"，即和谐、美好。

2. "花朵"尽管是蜜的来源，但毕竟缺少一个酿造的环节，而这个环节正是共同劳动才能得以完成的。"星空"与尘世是相对的，这里可能喻示着终极。

3. 尽管这些美好的事物令人向往，但它们无法代替人与人间的美好关系。

喻。"人的关系那早年的蜂巢"带有一种追溯的意味。"早年"是否意味着一切还没有被破坏，仍然保持着美好？"蜂巢"是否意味着亲族共同生活和劳动所体现出和谐、美好的甜蜜之所？另外，花朵和星空所代表着自然之物，显然与人类社会（即蜂巢）是相对应的。我们还应该注意到"最终"这个词，这表示着经过一个不断探示和选择的过程所得出的结论，诗人宁愿从人的和谐关系中去获得生命的动力（"蜜"），也不愿脱离它而走上另一条更为便捷的路，尽管花朵和星空同样是美好的。

最后两行切题，言简意赅地说出了这样选择的理由。"亲人"在这里加重了前面提到的"人的关系"的分量。这些既然和我的亲人不同，那么也不会和我相同。

三、这首诗充分肯定了生活，并试图表现出一种伦理关系。这种伦理关系的基础是爱。第一句提到了"唇"，唇是柔软的、可感的。它同时具有两种功用，进食和吻。当然，这里的爱是一种更为广义的爱，是亲人之爱，乃至人类之爱。

蓝 蓝

（1967— ），原名胡兰兰，出生于山东烟台，后随父母迁回祖居地河南，在乡村度过童年。郑州大学毕业后当过记者，参与编辑过《大河》诗刊。蓝蓝很早就开始创作并发表诗歌，至今仍保持旺盛的创造力。出版有诗集、散文集和童话集十多种，另有英、俄文版诗集，近作有《一切的理由》《诗人与小树》《童话里的世界》等，获得过"诗歌与人"诗人奖、冰心儿童文学新作奖等奖项，曾受邀巴黎和加拉加斯诗歌节。她早期的诗作简洁、纯粹，带有民谣般的明澈和感人的气息，后来诗风有所变化，在形式和手法上做出了有益的尝试，试图将生活的复杂性和严酷性纳入诗中。作为杰出的女性诗人，她在诗中无意突出女性特征，但女性敏感细腻及生存状态自在其中。

（张曙光 注）

卜天河的黄昏[1]

雷平阳

溪水的声音盖过了

河流。金色树冠上的蝉叫,大合唱里

暗藏了独白的树枝。白鹳的羽毛

一点点变灰,一点点变黑

河滩上走过一群野象

它们庞大的肉身,皮肉一块一块地遗失

我形单影孤,抄经时用光了血滴[2]

以和尚的身份过河时

流水没有情义,我的骨头

一根根变细,一根根变轻

我想三言两语,说出一条河流

凌迟与放逐的多义性;说出

---

1. 卜天河从字面意思看就是占卜上天之河,不过也可以将之引申为测验与桥梁之河,甚至可以将之当作锻炼灵魂之河,犹如但丁在地狱和炼狱之中的艰辛旅程,具有较强的启示性。

2. 华严经《普贤菩萨行愿品》记载:"菩萨剥皮为纸,析骨为笔,刺血为墨,书写经典,积如须弥,为重法故……" 这可能就是刺血抄经的来源,以显示佛教徒虔诚弘扬佛法之义。

第三条河岸隐形的邪教与暴力

说出脚底下永不停息的怒吼

但我进退两难，身在绝境

个体的基诺山[3]王国中，真相即虚无

我不能开口说话，甚至不能在灭顶之际

反反复复地呼救。为此

人云亦云的减法，当它减去了

救命的稻草[4]，减去了我的宽容与仁慈

就为了去到对岸，杳无人迹的地方

我想杀人。就为了肃清落日

带来的恐惧，我想杀人

就为了在卜天河上，捞起水中

一个个孤独奔跑的替死鬼，我想杀人

哦，那一天黄昏，在杀人狂的幻觉中

我草菅人命，杀光了内心想杀的人

现在，我是一个圣洁的婴儿

就等着你们，按自己的意志

---

3. 基诺山位于云南景洪，为基诺族居住地。在当地语言之中，基是舅舅，诺是跟在后面的人。诗中的基诺山，既是现实之中的基诺山，也可以是精神之中的基诺山。

4. 救命稻草的说法应用甚广，但是具体来源不明，一般认为它代表困境之中唯一的希望。

将我抚养成人，或者再造一个恶灵[5]

旁白：

一、本诗开头部分描绘卜天河的景色，是通过蝉、白鹳、野象的具体形象独特而生动地展开的。其中"一点点变灰，一点点变黑"的句式，在后面以"一根根变细，一根根变轻"的方式予以重现，不仅具有某种相似的回声性质，而且对整个作品的支撑结构起到恰当的龙骨之用。

二、叙事主人公"我"是一个和尚（可以将之看作轮回中的化身之一），他以"说出"和"想"各自引领不同的句群，对个人思考和内心活动进行不同深度的拓展。前者主要针对河流，但是值得注意的却是"第三条河岸"，它到底是什么样的河岸呢；后者针对的是杀人，但是值得注意的是杀人目的，而其中最值得注意的就是："为了在卜天河上捞起水中一个个孤独奔跑的替死鬼"，其中蕴藏的隐讳情感复杂而且强烈。位于二者之间的"减法"使用也是比较巧妙的。

---

[5]. 圣婴和恶灵，与之相关的典故尤其是外国的较多，不知此处具体指什么，但是从字面意思来看，它们至少可以被看作对立的两种存在，一种是神圣的存在，一种是邪恶的存在。

三、杀人仅仅是一种比喻，目的只是为了清除尘世或者内心的脏污，只是为了成就某一个圣洁的婴儿。由此看来，卜天河的精神洗礼之用是非常明显的。如果本诗至此，那么可以说它只不过是从地狱来到天堂，一路上升而来，如此而已。但是结尾一句"再造一个恶灵"，迫使全诗的全部努力在此遭遇重大转折。水至清则无鱼，过度纯洁势必转向邪恶，这些都是老道理，作者想必早已领悟于心。他在光明的尾巴之中看到锻炼灵魂之后某种危险性的存在，可以说他的心思比较缜密和比较宽阔，能见常人之不察，能见天地之外的天地。

雷平阳

（1966— ），出生于云南昭通土城乡欧家营，现居昆明。对出生地，诗人在诗里表达过自己的强烈感情，"我只爱我寄宿的云南，因为其他省／我都不爱；我只爱云南的昭通市／因为其他市我都不爱；我只爱昭通市的土城乡／因为其他乡我都不爱……"1985年毕业于云南昭通师专中文系，著有《雷平阳诗选》《我的云南血统》等作品集十余部，曾获鲁迅文学奖等众多奖项。他的诗多与云南有关，而他却超拔众人,从这种地域性中锐利地发现一种普遍性的存在。他的严肃诗《杀狗的过程》在当代诗歌界具有较大影响,一边揭示人性残忍,一边考验写作伦理。

(张曙光 注)

道理都写在脸上

朱　文

兄弟，对已经不多的单眼皮的女人，你有什么认识？
对下巴上长着一颗痣的女人，你有什么认识？
对有雀斑的女人、对有虫斑的女人，你有什么认识？
脸上什么也没有、连五官也淡淡的女人，你又有什
　　么认识？

你对嘴上汗毛颇重的女人有什么认识？
你对后脑勺上长反骨的女人有什么认识？
你对高颧骨的女人、宽鼻翼的女人有什么认识？
你对眼白上有一块色素、看起来就像是日全食的女
　　人又有什么认识？

对大街上已经太多的双眼皮的女人，你有什么认
　　识？
对没有眉毛只有眉线的女人，你有什么认识？
对厚嘴唇的女人、对薄耳朵的女人，你有什么认识？
对鼻子和上唇之间很短、说起话来像兔子一样抽动

的女人,

你又有什么认识?[1]

有时生活就是这么简单,

道理都写在脸上。

旁白:

一、有时我们会对诗人的观察力和想象力感到不可思议。像朱文这首诗,对女人脸上的特点做如此广泛的描述,真不知道他是观察来的还是想象来的,当然最佳答案是观察加想象。似乎还不够似的,他又以长句来结构这首诗,让人觉得成群女人正排着队等他逐个端详似的。

二、好像还不够似的,诗人还要捉弄人,说生活就是这么简单(这首诗可不简单),道理都写在脸上(我们看不到什么道理,我们都认识一些单眼皮或下巴上长一颗痣的女人,但我们对这其中的道理毫无认识)。

三、无论如何,我们总算认识了我们平时可能不觉有趣、

---

1. 每一节诗最后一行都使用较长的定语来形容女人,而这一节的这一行可以说达到高潮:特别长,也特别逗。

| 但经诗人这么逐个端详便显得有趣极了的女人。

朱 文

（1967— ），福建泉州人，童年随父母迁往江苏。1985年入读南京东南大学动力系，毕业后曾在一家火力电站工作。他在大学期间结识诗人韩东等人，成为《他们》后期的骨干成员。1994年辞去公职，成为自由作家，除了写诗以外，他还写小说，事实上，小说家朱文比诗人朱文还出名。不过我认为，他主要是一位诗人。进入新世纪以后，作家朱文突然又变成导演朱文，拍摄了《海鲜》和《云的南方》，在欧洲和亚洲赢得多个奖项。尽管创作领域不断扩大，朱文仍未放弃写诗，仍然是一位机智而敏锐的诗人。著有诗集《他们不得不从河堤上走回去》、小说《人民到底需不需要桑拿》《什么是垃圾，什么是爱》等。

（黄灿然 注）

青年十诫[1]

戈 麦

不要走向宽广的事业。[2]

不要向恶的势力低头。

不要向世界索求赐予。

不要给后世带来光明。[3]

不要让生命成为欲望的毒品。

不要叫得太响。

不要在死亡的方向上茁壮成长。

不要睡梦直到天亮。

要为生存而斗争。[4]

让青春战胜肉体,战胜死亡。[5]

---

1. 仿摩西十诫,对青年或自身提出劝告。

2. 人生有限,亟须确立深邃的目标。

3. 欺骗或幻想并不切合实际的生活。

4. 生存是第一位的,诗歌是次一位的。这是清醒的认识。

5. 这是作者最后实践的生命观,他永远都是二十四岁。

旁白：

一、这是戈麦生命观比较集中的表达。他使用"不要"这样的否定性排比，以示决绝。

二、在劝诫后面隐藏着对生命的深厚爱恋。

三、青春怎能与世长存？激烈与纯洁必然导致毁灭。这是幸福还是悲剧？

戈 麦

（1967—1991），原名褚福军，出生于黑龙江宝泉岭农场，一个寒冷而辽阔的地方。十二岁即开始写作，1985年考入北大中文系。毕业后任职于《中国文学》杂志社，曾南下拜访老诗人施蛰存。1990年与西渡创办《厌世者》半月刊，翌年完成《铁铁车站》等小说，同年9月24日自沉于北京万泉河，具体原因不明，但不能否定环境的决定性。生前仅有自印诗集《核心》《我的邪恶，我的苍白》《铁与砂》，死后在友人的帮助下出版了《彗星》《戈麦诗全编》。他的诗见证了我们这个时代的生存，更见证了一种不屈的精神。

（桑 克 注）

海岬的缆车

桑 克

风是冷的,海岬,落入了黄昏。

再加上一个配角,这哆嗦而干净的秋天。[1]

我,一个人,坐在缆车上,脚下是湛碧而汹涌的海水。

一只海鸥停在浮标上,向我张望。[2]

我也望着它,我的手,紧紧抓住棒球帽。

我,一个人,抓住这时辰。

抓住我的孤单。我拥抱它,[3]

仿佛它是风,充满力量,然而却是

那么虚无。

---

1. 这两句交代了环境。风,海岬,黄昏,和另外的配角,即秋天。

2. 这个句子生动而传神,更重要的是在全诗中起到了一种调剂作用,增强了情境感。

3. 它是指前面提到的"孤单"。孤单是抽象的,诗人却说"拥抱它",这当然是一种修辞,但事实上人们都知道这是无法实现的,因此引发了下面的"虚无"。

> 旁白：
>
> 一、多数人都有坐缆车的经验，喜悦或紧张，但这首诗却将乘坐缆车的这一具体经验上升为一种普遍的人生处境，在不到十行的诗中容纳了更多的内容，写来却显得举重若轻。
>
> 二、诗的大部分是实写，始终也没有脱离乘坐缆车的过程，诗中也加入了一些细部，使情境更加真实可感。但这些是在蓄势待发，我们注意到，在诗中，随着紧张感的逐渐增强，到了最后几行，诗人突然完成了一个腾跃，使整首诗飞翔起来。
>
> 三、诗的语言冷静、节制，几乎没有任何夸张，但短句和长句的并用，使语言充满了紧张感。

桑 克

（1967— ），出生于黑龙江兴凯湖。1989年毕业于北京师范大学中文系。他在进入大学前就开始写诗，是中间一代中颇有影响力的诗人。他的创作追求完整性，重视技术，他自己曾经提到："我的艺术观，大致在古典、浪漫、现代之间。古典结构，浪漫气质，现代语言。"桑克也是民刊《剃须刀》的创办者之一，并著有诗集《雪的教育》《海岬上的缆车》《滑冰者》,译作集《菲利普·拉金诗选》《学术涂鸦》。曾获刘丽安诗歌奖、《人民文学》诗歌奖。

(张曙光 注)

登东岩坞[1]

西 渡

遥知兄弟登高处
——王维

在阵阵松涛中呼吸到盐的气味![2]
午后我们步入松荫,将村庄
远远地撇在山下。我们继续向上攀升
阳光在针叶上嗡鸣,轻轻托举着[3]
饶舌的喜鹊之窝。我用右手指点
山脉与河流,把它们介绍给
远道而来的友人。对面的群山
有奔马的姿势,不,有奔马的灵魂
正从岩石中挪出四蹄,朝天空飞去
——岩石内部有血一样浓稠的岩浆

---

1. 作者故乡浙江的小山。

2. 充满激情的吟诵从一种独特的气息开始。

3. 阳光是视觉的,嗡鸣是听觉的,二者相和,形成独特而生动的美感。

那是万物狂躁而不安分的心灵 [4]

应和着季节的节拍。这时从山下
一个肉眼的观察者几乎不能发现我们 [5]
除非我们从附近搬来石块,垒起灶头
然后用干燥的松枝催燃神明的火焰
他将猜测那是两个业余的狩猎者
在享用他们愉快的时辰。他几乎猜对了
只是我们猎获的仅仅是我们随风飘动
的思绪,在半山腰,我们使它染上明亮的
蓝烟,升起,并像情人的发辫一样散开——

| 旁白:

一、登高诗为古诗常见类型,作者将之引入现代诗,不
仅丰富其功能性,也赋予其强烈的现代性。古诗具有
功能性,如干谒、会友诸如此类,而在现代诗中比较
少见,20世纪90年代以后,这种努力始收成效。现代
性是一个复杂的概念,单以西渡这首诗而论,现代性

---

4. 将群山如同奔马的暗喻加以充分发展,这是现代诗的一项重要技术。
5. 从我们之外的视角观察我们自身所带来的奇妙感受。

首先体现为此在性。此在性的含义有时间和空间两层，换句俗语，就是现在这个时间和现在这个地方。落实到诗的句法就是现代句法，落实到诗的词语就是现代词语，如"狩猎者""奔马的灵魂"等等。

二、上节对场景进行散点透视，下节则对事件进行细节叙述，显示出将抒情与叙事相综合的卓绝才能。

三、诗歌其实是种高尚情感，从此角度而言，作者不仅秉持古典精神，也维护了诗歌的尊严。高尚是古典主义精神的一个重要体现，作者虽然在形式上是现代诗人，但在骨子里还是比较传统的。尊严是当代诗歌界一个严重而迫切的问题，作者以其高尚的情感回击了某些低级趣味对当代诗歌尊严的践踏。

西　渡

（1967—　），原名陈国平，生于浙江浦江。1985年考入北京大学中文系，从那时起开始写诗，1996年以后兼及诗歌批评。曾获刘丽安诗歌奖，著有诗集《雪景中的柏拉图》《草之家》《风或芦苇之歌》、诗论集《守望与倾听》。虽长期从事经济编辑工作，仍然执著地编过许多诗选，如《太阳日记》《北大诗选》(与臧棣合编)、

《戈麦诗全编》《先锋诗歌档案》《现代初中语文读本》（与王尚文合编）等，为诗歌出版开辟出一块可以呼吸的空间。他本人的诗歌多用优雅的书面语写成，由此铸造出一种端庄而凛然的风貌，在同代诗人中十分罕见。

（桑克 注）

暮 晚

杨 键

马儿在草棚里踢着树桩,
鱼儿在篮子里蹦跳,
狗儿在院子里吠叫,
他们是多么爱惜自己,
但这正是痛苦的根源,
像月亮一样清晰,
像江水一样奔流不止……

旁白:

一、开头三行是很普通的描述,甚至由于其近乎排比的罗列,而显得有点强制性,有点像在作诗。第四行突然转到主观地指出马儿、鱼儿、狗儿的特性,可这特性具有更大的强制性,因为任何活着的生命也都可以说是爱惜自己的。这正是此诗的妙处。它是在泛指。而开头三句只不过是这泛指中的抽样而已。

二、第五行是下判断，且是强制性更大的判断。这里没有逻辑，没有根据。而这又正是此诗的妙处。它再次是泛指。就连爱惜自己也只不过是痛苦的根源这一泛指中的抽样而已。最后两行把泛指具体化了，而这具体又是一种广泛的具体，也即天地之中，痛苦无所不在。

三、这首诗与一般的诗不同，它不是一首自圆其说的诗，也即不是通过自然而然的铺排而抵达结论（让读者自己下结论），而是要求读者去补充作者略去的一切。作者抛下几个点，读者必须去把它们连成线，让读者自己去圆作者之说。在一定程度上，读者必须在诗外理解这首诗。或者反过来说，把这首诗理解到诗外。而这，也正是杨键的诗的基本特色，也是杨键的诗的张力所在。短短七行诗可以有无限的容量。

杨 键

（1967— ），安徽人，童年在矿区度过，九岁随父母迁入马鞍山。1986年他在大哥、诗人杨子的影响下开始写作，1990年的某一天他突然烧掉过去的作品。同年夏天与诗人柏桦结识，两人成了忘年交。杨键只读到高中，其文学修养主要来自自学。他对佛教素有研究，1992年他二哥遭人暗害,他四处上诉无望,次年皈依了佛教。加上他曾长期在工厂工作,使得他成为一位既有宗教倾向又对下层民众的生活有深切体会并将之化入强健而温柔的诗中的诗人。出版有诗集《暮晚》《古桥头》《惭愧》《哭庙》等,曾获首届刘丽安诗歌奖、宇龙诗歌奖等多个奖项。近年来在今日美术馆、关山月美术馆等地举办水墨个展。

(黄灿然 注)

最后一班地铁[1]

林 木

天很快黑了下来,酒吧里
两个男招待在闲聊。两片
槐树叶,落在西面的玻璃窗上。[2]

很快,朋友们都到齐了。
短暂的相聚伴随着握手与道别。
候车大厅里,几乎是空的。

偶尔出现一两个人,小声
说着话。报站员坐在玻璃房里,
一声不吭。起风了,风

在地铁口呼啸着涌了进来。[3]
转眼又融化。最后一班地铁,

---

1. 弗朗索瓦·特吕弗 1980 年拍摄有同名电影。

2. 三行诗,形成严格控制、简约而有力。

3. 跨行法进一步发展为跨节,保持具有张力的内在关系。

在报站员细声细气的嗓音里

停靠在眼前。乘客陆续起身,
跨出车门,消失在寒风里。
当地铁驶出五棵松,[4] 车厢里

只剩下两个人,一头一个。
车厢外,传来一缕咳嗽声。
地铁继续前行,风呼啸着掠过。

咳嗽声越来越近,仿佛
就在耳畔。沈凉环顾左右,
那人已经离去。但在车厢的

连接处却站着个人,宽松的
白棉袍裹着纤柔的身躯。移动的
黑发,随着铁轨撞击着车轮。[5]

---

4. 北京西面的一处地铁车站。

5. 人物相继出现与消失,犹如流水。

| **旁白：**

一、耐心而冷静地描摹末班地铁的运行，暗示现代都市生活的冷漠与荒凉。

二、咳嗽的细节仿佛神来之笔，不仅勾勒出地铁的速度感，也透射出一股诡异与凄清的气息。

三、倒数第二节才出现主人公姓名，使前面单纯的叙述有了复杂的呼应。

林　木

（1967—　），原名周玉林，生于江西彭泽，十三岁随父母迁返祖籍江苏泗阳。因家庭成分受到歧视，九岁才入读小学，学间常与耕牛为伴。他受初中语文老师影响，开始阅读现代诗，同时尝试写作，1990年之后他才有所觉悟，渐渐成为一个成熟的现代诗人。1992年毕业于鲁迅文学院，现供职于北京《中国妇女报》社。他的诗用字讲究，颇有贾岛遗风。1997年以来，他和孙文波合编民刊《小杂志》，自印诗集有《生活书简》《浮声集》《一个人的地方志》等，正式出版的诗集有《罂粟花开》《敌》，曾获刘丽安诗歌整理奖。

（桑克　注）

丹青见[1]

陈先发

桤木，白松，榆树和水杉，高于接骨木，紫荆
铁皮桂和香樟。湖水被秋天挽着向上，针叶林高于
阔叶林，野杜仲高于乱蓬蓬的剑麻。如果
湖水暗涨，柞木将高于紫檀。[2]
鸟鸣，一声接一声地[3]
溶化着。蛇的舌头如受电击，
她从锁眼中窥见的桦树[4]

---

1. 丹是丹砂，青是青䕫，中国传统绘画以之为颜料，后世以其代指国画。丹青见即是见丹青或是丹青现，表面针对国画，实际上可以引申，比如针对中国或中国传统文化进行观察和思考。对比姜夔《鹧鸪天·元夕有所梦》中的诗句："梦中未比丹青见，暗里忽惊山鸟啼。"我们或许能找到理解的线索。

2. 在三组以什么高于什么的句式之中进行植物身高比较，表面看起来是生物性的，实际上仍然可以做出其他方面的引申。这种引申不能离开每一种植物的特性，因为在文化史中，不同的植物特性都会找到某种尘世的对应。这首诗的主要魅力其实就是得自于这种比较性句式衍生的丰富含义以及植物意象本身的灿烂。

3. 本诗主要写的是植物，但是其中牵扯的三种动物非常值得关注，鸟、蛇和人。前面两种动物在多种文化之中与性以及生殖系统关联，而人则是我们关注的核心。

4. 本诗前四行写的是二类十二种植物，后四行却只写了一种植物——桦树。桦树主要分布于北温带，少数种类生活在寒带。问题来了：为什么作者把桦树置于后四行以及全诗的核心？它在私人领域和公共领域都有什么特殊含义呢？地理位置恐怕仅仅是一个因素，读者至少还需思考桦树自身的特性、与桦树相关的文学作品以及文化史。

高于从旋转着的玻璃中，窥见的桦树。

死人眼中的桦树，高于生者眼中的桦树。

被制成棺木的桦树，高于被制成提琴的桦树。⁵

旁白：

一、这首诗写于 2004 年 10 月，作者对该诗写作时间的格外强调可能不只是关于写作本身的，还可能包含与诗外某种事件或者氛围之间的关联性。如果想知道这一年究竟发生过什么，读者可以自行查阅相关资料，然后将之与诗中显示出的情绪逻辑进行比对，从而最终梳理出有机而合理的部分说服自己。

二、不同植物之间的等级或者差异究竟是怎么形成的，它们彼此之间的关系究竟象征着什么。我们进行的思考远远不止这些，此外还有更多的问题：比如水杉和香樟的不同特性究竟是什么，彼此之间具有什么样的关系；比如针叶林为什么高于阔叶林，难道它们之间的差异不仅与地理学的热量带划分相关，还可能与其他事

---

5. 进行桦树之间不同差异的比较。死人眼中的高于活人眼中的，难道是说死亡高于生存，终结高于运动；棺木高于提琴，难道是说死亡高于艺术；那么锁眼之中窥见的为什么就高于从旋转着的玻璃之中窥见的，难道这个锁眼就是骆驼从中穿过的针眼——我们不得不为此停顿，为此思索，并为"必死性"而感到悲伤。

物关联；柞木高于紫檀是与市场价值有关还是与文化传统有关，还有附加条件"湖水暗涨"究竟是什么意思，读者全都可以在清晰的逻辑关系之中进行思考和反复玩味。

三、我把这首诗视为名词的胜利。在我的认识之中，在诗歌内部，第一重要的词其实就是名词，或者对我来说，诗歌的本质就是名词性的。形容词的地位远远低于名词以及动词。在我眼里，全世界最好的诗人几乎都是名词性的诗人，因为只有名词与名词之间才能构成隐喻，构成奇妙的化学反应。

陈先发

（1967— ），安徽桐城人，1989年毕业于复旦大学。作为一名职业记者，先发对"三农"问题进行过深入调查，并在一定程度上推动事情的进展。他的写作范围较为宽泛，除了诗集《写碑之心》、诗集《养鹤问题》（台湾版）、《裂隙与巨眼》以外，还有长篇小说《拉魂腔》、随笔集《黑池坝笔记》等。他比较注重表达方式，或隐讳，或直陈，而前者尤多，并伴有中国式魅力。曾获十月诗歌奖、袁可嘉诗歌奖、天问诗歌奖等数十种奖项，作品被译成英、法、俄、西班牙、希腊等多种文字。他曾提出诗歌主张"本土性在当代""诗哲学",2005年组建若缺诗社,影响了不少后辈诗人。

(桑克 注)

长椅上的俩女生

周瓚

不远处的大街人来车往,而这个僻静的
角落,称之为角落,在我们的城市
名副其实。[1]一张墨绿的长椅上
坐着闲适的、绝望的她们
其中之一的小巧头颅,安稳地
像雏鸟偎倚在松软的窝巢,另一位的肩窝
依托着她。[2]喁喁私语:
——这隐秘的交流听命噪音的想象
"你在想什么?""和你一样……"
谁的呼吸里吹出了芬芳?谁又将迟疑的
双手藏匿到同伴的外套口袋中
"我已无法忍受,和你一样。"
……但,另一位把目光
自眼前密密丛丛的暗夜收回

---

1. 描述人物出现时的背景或环境。

2. 精细而生动地描述两个人物的剪影。

——进入这个世界要比想象的容易得多
"是的,我喜欢,比从前任何一次
那黄昏的大红色块,像裹尸布一般
使他的新娘升上天空,她身着白衣裙
山羊与诗人一同仰望她的飞翔。"
芬芳的呼吸再次唤醒她……[3] 地点就在
美术馆大门外的石阶下
她们谈论着遥远的人与事
或者什么也不是;尔后
黄昏自不远的楼檐一角,吹号般
把冷清的气流送入她们的领脖间
她们各自的一只手相遇在同一只衣袋
长椅一侧的地面两个影子友好地
重叠……[4] 当此之时的长椅背后
已故大师夏加尔绘画展
正在仿古式金黄屋顶的建筑物
那状如天使的大厅内,进行到第三天[5]

---

3. 边描述彼此暧昧的对话,边加以解释或判断,对话的主观性与视觉的客观性高度统一。

4. 暗示两个人物之间的实质关系。

5. 加深背景,侧面深化人物。

旁白：

一、在片段性或暧昧性的对话之中，揭示当代女性的隐秘生活，或者事物的不确定性。

二、大量引语与客观描述相结合，使诗歌形式更加丰富，更有利于描述复杂的现代生活。

三、叙事复杂，但逻辑清晰，这是具有相当难度的作品。当代也有一些叙事复杂的作品，但经常出现逻辑问题，比如，有的混乱，有的纠结，有的则是转折过于迅速，不够协调。周瓒的这篇作品，逻辑清清楚楚，没有含糊之处，尤其显示在文字运行的路径上，即使当代诗歌修养欠缺者，只要跟随这一路径，也必有所得。它的写作难度之一就是对这种逻辑关系的处理，复杂而要清晰，丰富而要明朗。这些说说容易，但操作起来对语言的要求是相当高的。

周 瓒

（1968— ），原名周亚琴，生于江苏南通。1985年考入扬州师范学院中文系，大学期间开始写诗，与友人组织诗社、创办刊物，并自印诗集《七月潮》。1993年考入北京大学中文系读研，后获文学博士学位。1998年，她与友人创办女性诗刊《翼》,这个小册子在中国女性诗歌传播史上占有极其重要的位置。著有诗集《梦想,或自我观察》《松开》、批评集《透过诗歌写作的潜望镜》等。周瓒现任职于社科院文学所,写作并倾力于当代诗歌研究。她是最为我欣赏的女诗人之一,其作品逻辑清晰,富有思想的魅力。2015年,周瓒依据加拿大女诗人玛格丽特·阿特伍德的诗歌构想并创作了诗剧《吃火》。

(桑克 注)

无 限

杜 涯

我曾经去过一些地方

我见过青螺一样的岛屿[1]

东海上如同银色玻璃的月光,后来我

看到大海在正午的阳光下茫茫流淌

我曾走在春暮的豫西山中,山民磨镰、浇麦

蹲在门前,端着海碗,傻傻地望我[2]

我看到油桐花在他们的庭院中

在山坡上正静静飘落

在秦岭,我看到无名的花开了

又落了。我站在繁花下,想它们

一定是为着什么事情

才来到这寂寞人间

我也曾走在数条江河边,两岸村落林立

人民种植,收割,吃饭,生病,老去

河水流去了,他们留下来,做梦,叹息

---

1. 青螺之色之形,表达观察反馈给眺望者内心的一种感受。

2. 傻傻地望我,比喻真切,好奇和不解全在其中。比惊讶木讷,却更为生动、逼真。

后来我去到了高原，看到了永不化的雪峰

原始森林在不远处绵延、沉默

我感到心中的泪水开始滴落

那一天我坐在雪峰下，望着天空湛蓝

不知道为什么会去到遥远的雪山

就像以往的岁月中不知道为什么

会去到其他地方 [3]

我记得有一年我坐在太行山上

晚风起了，夕阳开始沉落

连绵的群山在薄霭中渐渐隐去

我看到了西天闪耀的星光，接着在我头顶

满天的无边的繁星开始永恒闪烁 [4]

2005. 5. 27.

| 旁白：

| 一、诗题《无限》，对诗人而言是重任。从哪里着手呢？

| 从眺望开始，转换各地犹如转换星空，也是观照与对应。

---

3. 不知道乃时运，乃天意。无目的性，人可以获得更多的天赋和自由，召唤和领悟都是内在的，与需求无关。

4. 永恒是一种观照和感应能力，更是一种信仰，在人的存在之上。人以其有限眺望其无限。

心走到了哪里？这里，那里——自然，现实，心会痛的，也会无端地流泪，并以此触发寂寞与忧思。

二、此诗运笔宏大，不停地转换场景，运转与停滞也是其潜在的结构。以大海、山川、河流、高原之气象盛景，再点缀其间——局部，也是局限中的人民劳作、叹息、做梦、生病、发愣……语调质朴、高迈，饱含沧桑、悲悯之情。

三、诗人勾勒了一幅人与自然的生存图景，也吟唱了一首苍茫的大地之歌，头顶是高悬的星丛。人在其中既有限、具体，又受羁绊之累，但面对自然和深邃的宇宙，诗人所抒发的感怀之思和领悟是无限的。

杜 涯

（1968— ），出生于河南许昌，卫校护士专业毕业后曾在医院工作十年，后在郑州、北京做过图书和杂志编辑，现居许昌。幼时她受母亲念歌谣和经传影响，12岁开始写诗。2000年以来，杜涯的诗歌重新审视生活、命运和世界，目光从早年的时光、生命、流逝等层面，转向更为深远恢宏的无限、永恒、生命归宿、宇宙意识等领域，并开始创作叙事诗，表现出了难能可贵的艺术探索和精神追求。著有诗集《风用它明亮的翅膀》《杜涯诗选》《落日与朝霞》，另出版长篇小说《夜芳华》。先后获刘丽安诗歌奖、《诗探索》年度奖等奖项，以及"新世纪十佳青年女诗人"称号。

（森子 注）

小镇的萨克斯

朱 朱

雨中的男人,有一圈细密的茸毛,

他们行走时像褐色的树,那么稀疏。

整条街道像粗大的萨克斯管伸过。[1]

有一道光线沿着起伏的屋顶铺展,

雨丝落向孩子和狗。

树叶和墙壁上的灯无声地点燃。[2]

我走进平原上的小镇,

沿着楼梯,走上房屋,窗口放着一篮栗子。

我走到人的唇与萨克斯相触的门。[3]

---

1. 行走时的男人像树一样稀疏,这个比喻富有动感、孤独感,甚至有一种忧郁的氛围。街道像粗大的萨克斯管,既从视觉效果上很形象,又将音乐的元素引入雨中小镇的情境里。

2. 这句中的"灯"可能是树叶和墙壁上雨水的反光,也可能指树叶间、墙壁上的街灯。

3. "人的唇与萨克斯相触的门",从字面的修辞关联上看,是指萨克斯管般的街道的尽头就是我要去的人家,而此句作为全诗的结尾一句,则又仿佛一首浪漫、迷人的萨克斯风乐曲即将开始奏响。

旁白：

一、这首短诗绘出了一种神奇的南方情境，也是我多么熟悉的故乡情境啊。雨天，小镇弯弯的街道，褐色的风景，密集的雨丝在屋顶上铺开；街灯，在这样的场景当中，无论是行人，还是在窗内观望的人，都会被急雨的声响、迷离的道路、雨线的光芒以及潮湿冰凉的水汽所浸染，有一种沉迷其间的感觉。这种感觉就仿佛萨克斯风带给人的。

二、一个"萨克斯"的意象就将小镇刻画得声色并茂。如果我说诗人对小镇的描绘就如一幅水墨画，也许缺少了点动感，而如果说想象萨克斯风的音乐应和着雨天小镇的情调，那似乎显得单薄。而由词语构成的诗，既能唤起画面的想象，也可以勾出脑海里音乐的旋律。一句话，诗可以是画与乐的建筑。

朱 朱

（1969— ），生于江苏扬州，少年时偶然读到捷克诗人塞弗尔特的一首小诗，遂开始写作。1987年考入上海华东政法学院，毕业后长住南京，做过公务员、教师、律师、编辑，现在京城以策展谋生。著有诗集《枯草上的盐》《皮箱》《故事》《青烟》(法文)、散文集《晕眩》《空城记》、批评集《一幅画的诞生》《灰色的狂欢节》等。朱朱以其天才的独创性成为20世纪90年代以来的代表诗人,如同蔡天新在"安高诗歌奖"颁奖辞中所写:"朱朱对当代汉语诗歌所做的主要贡献在于,在他的作品里,诗歌的形象既不是为了发泄内心的压抑,也不是为了批评的需要营造的虚拟,而是作为语言的一种发现存在。"

(周瓒 注)

圣洁的一面

宇 向

为了让更多的阳光进来

整个上午我都在擦洗一块玻璃

我把它擦得很干净

干净得好像没有玻璃,好像只剩下空气[1]

过后我陷进沙发里[2]

欣赏那一方块充足的阳光

一只苍蝇飞出去,撞在上面

一只苍蝇想飞进来,撞在上面

一些苍蝇想飞进飞出,它们撞在上面

窗台上几只苍蝇

---

1. 这一句极佳,以干净利落的语言,极尽玻璃的"透明",也为后面的"一只苍蝇飞出去,撞在上面……"埋下了伏笔。

2. "陷进沙发里",确定了一个观看角度,也为全诗带来一种内省性质。

扭动着身子在阳光中盲目地挣扎

我想我的生活和这些苍蝇的生活没有多大区别
我一直幻想朝向圣洁的一面 [3]

旁白:

一、诗人和智者的眼光总是一再落在那些小飞虫上。鲁迅的《秋夜》不仅写到"奇怪而高"刺向夜空的树,还写到在后窗的玻璃上丁丁地乱撞的小飞虫,这个"丁丁地乱撞",真是动人心魄。它不仅仅写出了一种声音的质感。而宇向的这首诗,本来"幻想朝向圣洁的一面",却因为一只苍蝇的被撞开始领悟到自身的悲剧性。为什么?是因为灵魂的趋光性?命运的吊诡?(对此请想想诗的第四句。)生命本身的卑微?诗人已学会了对这一切都不予解释。悲剧也是从来不需要解释的。而这就是诗。

二、宇向的诗有一种高贵而真实的性质。"有人说:绘画使人堕落。/我就继续堕落,/继续将瓦格纳音乐画走调。"(《绘画生涯》)但她的"堕落"和"走调"是

---

3. 言犹未尽而又恰到好处,给人留下思索的余地。

为了真实,也是为了更骄傲地面对自己。在诗的高贵与真实之间,她给我们带来了一种张力。

宇 向

(1970—),生于济南,祖籍烟台。幼时被寄养在渤海湾养马岛上的外祖父家,上小学时返回省城。自小性格内向、敏感而叛逆,偏爱画画、文字涂鸦及神秘事物。中专学习电子专业,读到朦胧诗并传抄其佳作,毕业后在某国企工作至今。曾一度与生活混乱的歌手和各类艺术分子交往,1997年开始参与高氏兄弟的艺术活动,并结识诗人孙磊。2000年左右开始专心写作,曾获柔刚诗歌奖、宇龙诗歌奖等奖项。她的诗能有效挖掘自身的直觉、痛感和超验的思维,"释放出的是真实世界和语言呼吸的合谋共振"(哑石语)。著有《向他们涌来》《女巫师》《口袋里的诗》等诗集,另有诗集在美、法和中国台港地区出版。

(王家新 注)

爱的坦白(或民主作风)

姜 涛

在教学楼后当着夕阳的面儿[1]抽烟
曲折的体态配合人性的失败
没有必要将一切都掩饰成
剩余的事业。湖水从低处印证着

天空的公正。不能想象的
只是去年突降的飓风,
曾使湖畔那个著名的庸才,代替一枚
厌世的垂柳,蒙受了不白之冤

没有必要再杜撰,恐高,出虚汗
做小树林边的电话狂人
逼着两只血蝠,一笔一划地盘旋
有人衣着落伍,以民国为限

也学习酷哥摘下胡子赞美

---

[1]. 在书面语之中夹杂口语,既有消解功能,也有轻松或诙谐色彩。

另外的人则围着湖边慢跑

免费吮吸自然的奶头,或者干脆

蹲下,以降低大脑中理论的水银[2]

(其实,他们都参加了法则的派对)[3]

除非嫩枝里密布的电路出了故障

等待自我检修的松鼠

从树上跳下,从微张的口中

抽走一枚计时磁卡。[4]

但是啊但是,这里毕竟是自由的校园

那选举的左手正穿过草地

昂贵的胸衣,像一支肉感的听诊器

伸进树叶的心跳。说:

"放心,放心,我对世界的爱

---

2. 社会词语与自然词语相结合,构成新的修辞术。这种形式推动而且拓展了诗的表现力。

3. 括弧与单独成节,取消了全诗每节四行的封闭性。

4. 将一个细节演绎充分,具有智慧的内敛与松弛。

有条不紊,民主得一如乡村的普选——"[5]

护住下体,看杨柳喷吐浓香,

最后落选的,可能唯有处女和夕阳。

旁白:

一、书面语和口语,社会词语和自然词语……游刃有余,从表面的端庄之中拨弄出轻松的幽默气息。

二、技巧丰富,而且成熟,双关语不着痕迹。这些技巧主要体现在修辞术的使用上。修辞术在汉语诗歌的写作中是一向被忽略的,这其实正是导致汉语诗歌没有长寿作者的一个原因,也是导致汉语诗歌缺少体式的一个技术原因。作者在这首诗中使用了隐喻、反讽等多种修辞术,单以反讽而论,作者使用的多为升格反讽,即赋予低俗事物以高贵的属性,如"……干脆／蹲下,以降低大脑中理论的水银",这其中"大脑中理论的水银"又是一则隐喻。故而作者是将多种技巧交叉使用的。而双关语不着痕迹主要集中于引文之中,这里的意思需要读者用心体会,说出来就没什么乐趣了。

三、抒情性发生偏移,从而生出更多的欢乐与嘲讽的情

---

5. 朴素的字意,幽默的语意。

趣。从这首诗里,我仍旧能看到抒情性的影子,如"但是啊但是,这里毕竟是自由的校园",但这种东西很快被作者的叙述消解掉了,而且用的是貌似典雅的书面语,如"那选举的左手正穿过草地 / 昂贵的胸衣,像一支肉感的听诊器 / 伸进树叶的心跳"。这就让人觉得快乐了,而且其隐含的真实意图又让人分明感受到嘲讽的意味,不妨称之为典雅的嘲弄。

姜 涛

(1970—),出生于天津。曾就读于清华大学生物医学工程及仪器专业,因热爱诗歌而弃工从文。2002年获北京大学文学博士学位,后留校任教,其博士论文《"新诗集"与中国新诗的发生》入选"中国百篇优秀博士论文"。江湖人称"色艺双绝",与上海的韩博比肩而为"南帅哥北酷少"。他的诗清晰而诡异,充满智慧的辉光,新近出版了处女诗集《鸟经》《人类之诗》,另有多篇诗学论文,并有编著《北大文学讲堂》(与温儒敏合作)、译著《现实主义的限制:革命时代的中国小说》等。2007年,姜涛被《诗歌月刊》评为"中国十大新锐诗歌批评家"。

(桑克 注)

关于酒器

田晓菲

无论浓丽的、小胡子的波斯人,
还是努力于恬淡的、微髭的五柳先生,
都教我在酒里忘记:[1] 有一天我将被制成酒器;
其他都不过是谣言而已。[2]

如果一定被制成酒器不可,
只有希望自己不至于生尘。[3]
但是那陶匠他常常以奇怪的方式满足人的愿望——[4]

---

1. 古代的波斯人善饮,五柳先生陶渊明在酒中超脱,归于恬淡,这是读者们都熟悉的。而从这些饮者那里读到更为奇妙的启示的,大概只有此诗中的"我"了。"教我在酒里忘记",孤立地看这句,意思不外乎借酒浇愁的现代表述。

2. 然而,"教我在酒里忘记"后缀一个冒号,提示"忘记"的内容其实是"有一天我将被制成酒器／其他都不过是谣言而已",简直一句醉话,把一个沉迷于酒中的"我"的形象活脱脱地勾勒出来。

3. 被制成了"酒器",其职能就是饮酒啦,但"我"还不忘交代"希望自己不至于生尘",自然是要时时被用来装酒,而不是被置之高阁,使得自己蒙上灰尘。又活画出醉者的沉迷。

4. 对酒器的联想,自然过渡到陶匠,那即将创造出"我"的人,此句奇妙地联系起诗人和诗的关系,无怪乎下句就有了"如我自己"。

比如说,他把我卖给一个有洁癖(如我自己)的人。[5]

旁白:

一、"关于酒器"更像个说明或论述性质的文章的标题,用以作诗,可见诗人有一种特别的意识:避开既有的感情色彩浓烈的词语和现成的带有文学性的句式,开掘汉语词语和句子的独特诗意。这样的标题下的诗也获得了一种独特的辩论式(诡辩般)的口吻。

二、此诗有三奇:古今饮酒诗无数,不过,我们却很少读到谈论"酒器"的诗,这是此诗构想之一奇;古今人们对于来世的设想,不外乎期待转世为另一人(或许换个性别,或许换个身份),或命运不济者在轮回圈中转为非人的另一种动物,转生为一器物,实属诗人另一奇特构想,也因此,器物被赋予了生命;再者,以陶匠制酒器喻诗人写诗,通过"我"对被"制成酒器"后的愿望的书写,巧妙地探讨了诗与诗人的关系,此又一奇处。

---

5. 如果卖给一个有洁癖的人,当然"我"不用担心身为"酒器"的"我"会生尘啦,但诗人在此也狡黠地实现了意义的游离,因为不生尘不见得是被常用来装酒,也可能是被一个有洁癖的人日日拭擦,时时关注罢。那么"如我自己"岂不就等于说,我也会像那个关注酒器的洁癖者,对诗总是时常拭擦,绝不让它生尘。

三、人说诗酒不分家，古今诗人中爱酒者、善饮者非常多。酒助诗兴，诗人也爱酒。爱酒的诗人会对酒痴迷到认为"古来圣贤皆寂寞，唯有饮者留其名"（李白），读了此诗，或许我们得加上一句，爱酒的诗人也有因酒写出佳作而留名后世的。

田晓菲

（1971— ），生于哈尔滨。四岁随父母移居天津。五岁时在地震棚里开始吟诵古诗，十一岁出版诗集。十四岁入北京大学，并结识诗人海子。毕业后留学美国，1998年获哈佛大学比较文学系博士学位。曾在康奈尔大学任教，2006年任哈佛大学东亚系教授至今。笔名宇文秋水，因其丈夫、汉学家斯蒂芬·欧文的笔名为宇文所安。她以澄澈、睿智的心灵写出了许多耐人寻味的作品，出版多部诗集、小说和散文作品。而她所著《"萨福"，一个欧美文学传统的生成》中的译诗，是迄今关于古希腊女诗人萨福最完美的汉语译本。另出版《秋水堂论〈金瓶梅〉》《神游》等多部学术著作。

（周瓒 注）

我生来就是大嗓门

凌 越

我生来就是大嗓门，

我叫嚷着从母腹里冲出，

我大大咧咧地来到这个世界，

既不骄傲，也不羞愧。

我有健壮的四肢，脚踝、锁骨和膝盖，

因此，我有清醒的头脑，明净的前额

  和洪亮的声音。

我在白天歌唱，

对着街道、房屋、瓦砾和人群；

我在夜晚歌唱，

对着窗帘、梦魇、女人和月光。

我的任务

就是要用言语重塑物质的阴影，

  心的寂静的颤栗。

我张大嘴巴，

我的喉管有如接通白昼的地下水道，

我的舌头颤动着像一条古怪的蜥蜴。

我的声音覆盖着男人和女人,

通过我的身体,

他们交合,感受到彼此的存在;

通过我的眼睛、鼻子、耳朵和大脑,

我和这个世界建立了真实的联系

(就算是痛苦的,折磨人的)。

我站在地上,

我在这里歌唱——此生此世。

我歌唱我的眼睛看到的城市、乡村、楼群和郊野,

我也歌唱我的心灵看到的幸福和悲伤。

我来到这里,

就是为了歌唱;

我来到这里,

再不准备退缩。

旁白:

一、中国有不少诗人受惠特曼影响,像郭沫若和艾青。在当代,凌越也是受惠特曼影响的诗人。我们可从他这首诗所包含的宽广、精细的视域和多层次的语言钻探力,看到中国诗人开采惠特曼的宝矿,已达到什么

程度。

二、这首诗充满着男性的健壮、强大和自信的音量,在"我有健壮的四肢,脚踝、锁骨和膝盖"中,这"脚踝、锁骨和膝盖"之铿锵有力,听上去(或看上去)就像是钢筋铸造的,就像可以逐件组装起来或拆卸下来。果然,我们在诗的中间,看到"我的喉管有如接通白昼的地下水道"这惊心动魄的画面。

三、"我的声音覆盖着男人和女人"。诗歌中最具独创性的东西,是可以抄袭和模仿的。像这句,别的诗人可以拿去模仿,变成诸如"我的声音(或我的眼睛)覆盖着城市和乡村(或河流和山脉)"。但是以技巧作诗和以心灵作诗是一眼可以看出的。像这首诗,其独创性和原生性是与整体上对一切生物和非生物、自然和人工的不加区别的拥抱紧密联系的,这"覆盖"是与"接通"甚至与"我歌唱我的眼睛看到的……我也歌唱我的心灵看到的"中那不起眼的一个"也"字紧密联系的。

凌 越

(1972—),本名凌胜强,安徽铜陵人。1993年毕业于上海华东政法学院,此后一直在广州一所警官学院教犯罪心理学。一度兼任《书城》杂志编辑，现兼任《南都生活周刊》书评编辑。他在上海读书期间，结识了陈东东、萧开愚等大他一辈的诗人，而另一位年纪稍长的诗人朱朱则是他的学兄。凌越是在到了广州这座大城市之后才成熟起来并建立自己的声音的，他是极少数有能力给予城市和城市生活以人性的关注的当代诗人之一。除了写诗之外，他还写诗论和书评。著有诗集《尘世之歌》、评论集《寂寞者的观察》、访谈集《与词的搏斗》等。

（黄灿然 注）

海的形状

蒋 浩

你每次问我海的形状时,
我都应该拎回两袋海水。
这是海的形状,像一对眼睛:
或者是眼睛看到的海的形状。[1]
你去摸它,像是去擦拭
两滴滚烫的眼泪。
这也是海的形状。它的透明
涌自同一个更深的心灵。
即使把两袋水加在一起,不影响
它的宽广。它们仍然很新鲜,
仿佛就会游出两尾非鱼。
你用它烧细沙似的面粉,

1.什么是海的形状?这个问题本身就像是在对我们的想象力发问。在作者这里,想象力的伸展和他所设定的与"你"对话的私密情境密不可分,哪怕这个"你"很有可能是作者在孤寂中与自我对话的"马甲"。因而,对"海的形状"的想象的转换始终伴随着一种真挚的情感,以及被这种情感所浸润的对生活细节的体认。无论是最初从两袋海水引出的海就像一对眼睛的联想,还是后来海像眼泪、面粉、面包、盐和沙的想象,都能让人感到其想象力延伸的最有力的依据:在静谧的日常生活中日趋醇厚和澄澈的内心经验。

锻炼的面包，也是海的形状。

还未用利帆切开时，

已像一艘远去的轮船。

桌上剩下的这对塑料袋，

也是海的形状。在变扁，

像潮水慢慢退下了沙滩。

真正的潮水退下沙滩时，

献上的盐，也是海的形状。

你不信？我应该拎回一袋水，

一袋沙。这也是海的形状。

你肯定，否定；又不肯定，

不否定？[2]你自己反复实验吧。

这也是你的形状。但你说，

"我只是我的形象。"[3]

---

2. "你肯定，否定；又不肯定/不否定？"这两句既是内心恍然若悟的写照，又模拟了海水层层摆荡的声响效果，让人想起聂鲁达《致大海》里面的一段：说"是"，继而"不"，一遍又一遍，重复着"不"，它忧悒地说"是"，却咆哮着。/重复说"不"，/永无静止。

3. 结尾结得太奇妙了。本来借着"这也是你的形状"似要表达"什么是海的形状"关乎我们对自身的认识，但最后作者又借"你"之嘴说出"我只是我的形象"，一下子"你"又是"你"本身，海又是海自己，一切归复原初的平静，仿似彻悟没有发生。

旁白:

一、当代诗歌中以海入诗其实并不少,但真正既把海写出了神采,又借着海澄明了诗人自我的杰作,还首推蒋浩在海南海甸岛蛰居期间写下的一系列作品。这些作品,包括这首《海的形状》,第一次把海作为一个至关重要的处理对象推送到了新诗的腹地,就像康拉德提升了海在英语小说中的意义一样。

二、蒋浩的诗以细节的丰沛有致、展开过程充满耐心和柔性而著称,这首诗中由"海的形状"衍生出的既繁复又厚道的"想象力变形记"就是最有力的佐证。

蒋 浩

(1972—),生于重庆郊县的一个农民家庭,毕业于西南师范大学。蒋浩是一个追求诗歌抱负与生活方式高度融合的极度自律的诗人,大学毕业后就开始游走于广阔的中国,先后在成都、北京、海南、新疆等地居住、写作,读古书、交挚友、创办同人刊物。其诗诚朴如其人,诗句背后的文化、道德修为异常深厚,在青年诗人中有着广泛的影响,出版有诗集《修辞》《缘木求鱼》《唯物》《仙游诗》和散文集《恐惧的片断》,曾获第二届北京文艺网华文诗歌奖。除了写作,蒋浩还擅长平面设计,20世纪90年代以来很多同人刊物和诗歌类图书的封面都是出自他之手,人称"新诗封面王"。

(胡续冬 注)

乡村教师

马 骅

上个月那块鱼鳞云从雪山的背面

回来了,[1] 带来桃花需要的粉红,青稞需要的绿,

却没带来我需要的爱情,只有吵闹的学生跟着。[2]

12张黑红的脸,熟悉得就像今后的日子:

有点鲜艳,有点脏。[3]

---

1. 鱼鳞云是降雨的先兆,鱼鳞云的到来意味着村中即将迎来丰沛的雨水。这一句的魅力在于,它不仅仅是说鱼鳞云来了,而是说"上个月那块"鱼鳞云从雪山的背面"回来了",要知道鱼鳞云总是集结出现的,而作者竟然对其中的一小块云都感觉那么熟悉。这一方面透露出作者在宁静、寂寞的雪山生活中对天象、季候的细微变迁了然于心,另一方面又让人感觉,这同一小块"回来"的鱼鳞云仿似居无定所的游子再次光临它所中意的地方,它似乎具有了和作者相呼应的人格。

2. 作者不说"雨水滋润了桃花和青稞",而是以物象的本色("桃花需要的粉红,青稞需要的绿")指代宁静中滋长的生命,貌似笨拙的修辞,实则是入了大境界。在提及了天象(鱼鳞云)和物象(桃花、青稞)之后,作者才谦卑地提及自己,但仅仅用一个否定词"没",就迅速地把关注点从浅尝辄止的自我摆渡到自己面前的学生。

3. 上一句"只有吵闹的学生跟着"貌似有哀怨、嗔怪之意,读完这最后两句就会明白,"只有吵闹的学生跟着"其实是正话反说。正是这些"有点鲜艳,有点脏"的乡间学生,构成了一个乡村教师生活最温暖、最幸福的部分,甚至构成了他理想中全部的未来生活("熟悉得就像今后的日子")。"12"这个具体的数字,不经意地透露出一个尽职尽责的乡村教师对自己学生的熟悉程度。"12张黑红的脸,熟悉得就像今后的日子",这个比喻虽然奇谲、震撼,但在全篇的语境中,竟显得如此平和、冲淡。

旁白：

一、这首诗从天空中的云入手，经过桃花、青稞，轻微地触及自己的内心之后，重心落在了有着"黑红的脸"的学生们身上。最后又从时间维度上逸出（和学生们一样"有点鲜艳，有点脏"的"今后的日子"），达到了一种当代诗歌中罕见的开阔、澄明的地步，作为一首自况的诗，诗中的"我"更多地让位于某种无我之境，而"我"对雪山、对学生的至深情谊，又无一字句不在这无我之境中闪现。

二、这是马骅写于云南梅里雪山的组诗《雪山短歌》中的第二首。在《雪山短歌》中，马骅一反他此前诗歌中精于反讽、善于铺陈的风格，用藏地雪域的庄严素朴、山居生活的简洁寂寥与自己的内心追索相互印证，写出了融雪一般纯净剔透的诗句。《雪山短歌》不仅是他个人的绝唱，更是当代诗歌尝试以返璞归真的方式进行自我调整时的绝唱。

马　骅

（1972—2004），祖籍福建，生于天津，1996年毕业于复旦大学国政系，崇尚"逍遥游"式的"尘世修远"，先后在上海、厦门、北京等地居留，职业跨度极大，同时坚持写作和小剧场戏剧实践，自印诗集《九歌及其他》和《迈克的真实生活》。2003年初，马骅突然摒弃兴趣驳杂、交游甚欢的都市生活，远赴云南德钦县梅里雪山下担任乡村小学教师，教书、写作之余，在文化、宗教、环境保护等方面尽其所能，受到藏民爱戴。2004年6月20日因交通事故坠落澜沧江中，至今下落不明。他在梅里雪山写下的诗是当代汉语中最明净澄澈的部分之一，遗作《雪山短歌》分别由作家出版社和上海人民出版社出版。

（胡续冬 注）

避

韩 博

后海浮前生,他心底
一暗,前生忘了树影。¹

他静听,桨声静听另一个
他,听风停入无风的静听。²

琵琶轻弹弦外的心切,
琵琶为她们清谈了他。³

远山远水,怎又远人不见,

---

1. 本是在后海游玩,却因着"后海"一词的反向构词想到了恍惚的"前生"。

2. 在桨声、风声深处的寂静中打开了与前世的或远山远水之外的关联,作者("他")思念起恍惚中的友人("另一个他")。这"另一个"之说,足见作者心中友人之重要,仿似作者自己的另一面一般。

3. 韩博为诗的机巧在这两句中展现得淋漓尽致,利用"轻弹"与"清谈"的同音、"弦外的心切"之与"小弦切切如私语"的互文性、有意的语法错置(把不及物的"清谈"用如及物)和指代错置("她们"既可以是弹琵琶的艺人,也可以是和作者一同思念远方友人的红颜知己们),营造了一种古今杂糅的怅惘,短短两行机关重重、回味无穷。

那远灯,又怎暗去来时岸。[4]

> 旁白:
>
> 一、2003年韩博自上海至北京与诸友畅游后海,而他最好的朋友、诗人马骅此时已离开北京在云南的雪山下做了乡村教师,荡舟后海之时,韩博的牵挂却在前生一样渺茫的远方。真挚的友情造就了这首隽永的小诗,而更加隽永的是,一年之后马骅辞世,韩博于沉痛中重新修订了此诗,短短一年之隔,一首八行的小诗中,思念与缅怀、前生与今世的吊诡竟是如此动人心魄。不仅这首《避》,组诗《借深心》全部都是韩博在马骅远居云南时零零散散地为他而作的诗,马骅离世之后,这组诗又被重新修订、汇编在一起。最好的阅读方式是:把《借深心》和马骅在云南写下的组诗《雪山短歌》对照阅读。
>
> 二、韩博的诗歌森严、紧凑,犹如箭在弦上,冷峭、机敏、精美、锐利的箭镞随时准备射向游移不定的迷宫一般的虚空。

4.远山、远水、远人、远灯既紧凑又空疏地揉在前后两行中,一个"怎又"一个"又怎"的发问,"暗"字与第一节"心底一暗"的呼应,都令人拍案叫绝。

韩 博

(1973—),生于黑龙江省牡丹江市。1991年考入复旦大学国政系,后获新闻传播学硕士学位并定居上海,先后在出版社、杂志社供职。韩博在中学期间就受第三代诗人的影响开始写诗,20世纪90年代中期以后,其机智、冷峭、节制、技艺精湛、充满自省的写作使其成为同代诗人中的佼佼者。著有诗集《十年的变速器》《结绳宴会》《借深心》《第西天》和随笔集《他山落雨来》等,曾应邀参加美国爱荷华大学写作计划。除了写作,他还精于戏剧的编、导。韩博其人俊美如其诗,与北京的姜涛并称"南帅哥、北酷少",但他对待虚名的态度如同对待写作的态度一样,低调而从容。

(胡续冬 注)

妈 妈

尹丽川

十三岁时我问

活着为什么你。¹ 看你上大学

我上了大学，妈妈

你活着为什么又。你的双眼还睁着

我们很久没说过话。一个女人

怎么会是另一个女人

的妈妈。² 带着相似的身体

我该做你没做的事么，妈妈

你曾那么地美丽，直到生下了我

自从我认识你，你不再水性杨花

为了另一个女人

---

1. 这句"活着为什么你"和后面的"你活着为什么又"懒散、随意得互不重样，那股子迷糊、娇嗲之中小小地尖锐着的脾性跃然纸上。

2. 当一个已经成为女人的女儿突然绕开了"自然而然"的母女关系，试图从一个共享着某种女性经验的成熟女人的角度重新打量自己的母亲的时候，这个貌似"天问"的傻问题竟显得那么地"诗"、那么地令人震撼。

你这样做值得么[3]

你成了个空虚的老太太

一把废弃的扇。什么能证明

是你生出了我,妈妈。

当我在回家的路上瞥见

一个老年妇女提着菜篮的背影

妈妈,还有谁比你更陌生[4]

旁白:

一、这首诗以"从女人的角度看女人"的方式,隔着女人这一共同的身份所不能涵盖的差异,再度审视了母亲的生活、母亲的付出、母亲的衰老和母女的关系,看似不近人情,实则至性至情,令人落泪。最后三行

---

3. 又是一个对熟悉的"自然而然"的事物(母爱)换一个角度所发出的怃然的"天问",还有后面的"什么能证明／是你生出了我",连母女纽带的生理原初点(出生)都被置于怃若隔世的逼问中。无须去辩扯这些"天问"到底是由什么样的"女性意识"、什么样的世界观差异在背后支撑,单是这几个令人于慵然中备感酸楚的"天问"就足以令我们赞叹作者把热心窝子"冷处理"的天赋。

4. 在不加反思的情景中,"母女"之间应该有着再"自然"不过的熟悉了,但这首诗不但对妈妈使用了"认识"一词,更在结尾来了个刺痛人心的"还有谁比你更陌生"。真的是"陌生"吗? 我们可以把这种陌生看作以陌生化的方式对熟悉的事物的再度穿越,经由"陌生"返回之时,我们的情感可能会超越所有未经追问的"熟悉"。的确,在对妈妈的陈述中,我们看到的不是尖酸、不是冷酷、不是反讽,而是一个长大成人的女儿用另一种方式"将心比心"所得出的对同是女人的母亲的挚爱。

相信会给所有读者一种触电般的震颤,其中母亲提着菜篮的背影堪与朱自清的《背影》里父亲去买橘子时的背影相媲美,其强度因为经过了作者的"冷处理",甚至超越了朱自清的《背影》。这首诗为新诗史上女诗人所书写的母女关系主题、女性家族谱系主题创立了一种全新的书写模式。

二、尹丽川的诗有一种无法复制的独特的口吻(冰冷而亲昵)、语感(慵懒,有时带着辛辣地拨弄着语调、语序)和节奏(这首诗中的复沓出现的"妈妈"和强度不断变化的几个"天问"就是一例),这是由她独特的融极度真诚与极度怀疑为一体的情感所造就的。

尹丽川

(1973—),生于重庆,童年在贵州度过,后随父母迁居北京。1996年从北京大学西语系毕业后,曾在法国学习电影。1999年开始写诗,因其诗歌具有非同寻常的性情和活力,使之迅速成为同一代诗人中的代表人物。尹丽川曾是一部分激进的青年诗人寻找新的诗歌生长点的"下半身"诗歌运动的发起人,但在流传中招致了广泛误读的"下半身"诗歌观念并不能涵盖她机敏、多变的写作全貌。除了诗歌,尹丽川还从事小说、杂文、随笔写作,著有《再舒服一点》《贱人》《37°8》《十三不靠》《因果》《大门》等作品,并执导过电影《公园》《牛郎织女》《与时尚同居》。

(胡续冬 注)

广陵散[1]

泉 子

苏轼[2]会想些什么？在我今天这个年龄，

陶渊明会想些什么？

屈原呢？孔夫子呢？老子呢？

阮籍[3]在十年之后就弃世了，

杜甫在十六年之后终老于他乡，

而嵇康[4]在两年之前，在行刑的路上

最后一次弹起了《广陵散》……

2015

---

1. 古琴曲，作者不详。传嵇康擅弹此曲，临刑前从容弹奏，并慨然长叹："《广陵散》于今绝矣！"广陵散在今天代表着绝唱。

2. 苏轼（1037—1101），即苏东坡，东坡居士是他的号。他是北宋时期著名的文学家，词以豪放著称。诗人之所以在一长串人名中先提到苏轼，可能还因为他曾是杭州有口皆碑的父母官。

3. 阮籍（210—263），魏晋时期著名诗人，因不满司马氏政权的黑暗，寄情于山水之间，与嵇康等人交——同为竹林七贤。他为人狷介，对不喜欢的人用白眼相看，但在政治上却很谨慎。据说他曾游历到刘项相争的古战场，叹息说："世无英雄，遂使竖子成名。"从中可以看出他的孤傲和志向。

4. 嵇康（224—263，一作223—262），魏晋时期著名诗人。他蔑视礼教，崇尚自然，明显受到老庄思想的影响。但他为人刚直，得罪了司马氏政权，被处死。据说他临刑前神色不变，顾日影而弹琴，弹的正是那首很有名的琴曲《广陵散》。

旁白：

一、这首并不很长的诗空间感却很强，也有很深的意蕴。看上去是对中国古代贤哲和诗人们的罗列，实则颇具深意。当年过不惑的诗人回顾自己的生活，自然而然地联想到他所崇敬的古代先贤，他在想，这些人在我这个年纪会想些什么，实则是在拿古代的先贤比较和激励自己。

二、这首诗从老子、孔子一直到宋代的苏东坡，几乎涵盖了中国历史上的重要人物，俨然构成了一个文化传统，从中我们也可以窥见诗人对待传统的态度和写作上的抱负。

泉 子

（1973— ），浙江淳安人，出生于千岛湖畔的并峰村，父亲是乡村教师。他在山与水共同囚禁的狭小地带度过了快乐的童年，接受自然的启蒙教育。在初中语文老师影响下写出最初的古体诗和小说，后就读于湛江气象学校（现广东海洋大学），做过十年气象观测员。2001年来到杭州,现任职空管分局。泉子是20世纪70年代出生的具有代表性的诗人,他的诗看似平直质朴,实则举重若轻、暗藏机锋,技艺成熟老到。著有诗集《雨夜的写作》《与一只鸟分享的时辰》《杂事诗》《湖山集》等、诗画对话录《从两个世界爱一个女人》《雨淋墙头月移壁》,主编《诗建设》,作品被译成英、法、日、韩等多种语言。

(张曙光 注)

太太留客

胡续冬

昨天帮张家屋打了谷子,张五娃儿
硬是要请我们上街去看啥子
《泰坦尼克》。[1] 起先我听成是
《太太留客》,以为是个三级片
和那年子我在深圳看的那个
《本能》差球不多。酒都没喝完
我们就赶到河对门,看到镇上
我上个月补过的那几双破鞋
都嗑着瓜子往电影院走,心头
愈见欢喜。电影票死贵
张五娃儿边掏钱边朝我们喊:
"看得过细点,演的屙屎打屁
'茅司咠'奖[2]的大片,好看得很。"
我心头说你们这些小姑娘
哪懂得起太太留客这些龌龊事情,

---

1. 缘起。出现方言因素。

2. 奥斯卡奖的方言读音。

那几双破鞋怕还差不多。电影开始,
人人马马,东拉西扯,整了很半天
我这才晓得原来这个片子叫"泰坦尼克",
是个大轮船的外号。那些洋人
就是说起中国话我也搞不清他们
到底在摆啥子龙门阵,³一时
这个在船头吼,一时那个要跳河,
看得我眼睛都乌了,总算捱到
精彩的地方了:那个吐口水的小白脸
和那个胖女娃儿好像扯不清了。
结果这么大个轮船,这两个人
硬要缩到一个吉普车上去弄,自己
弄得不舒服不说,车子挡得我们
啥子都没看到,连个奶奶
都没得!哎呀没得意思,活该
这个船要沉。⁴电影散场了
我们打着哈欠出来,笑那个
哈包娃儿救个姘头还丢条命,还没得
张五娃儿得行,有一年涪江发水
他救了个粉子,拍成电影肯定好看

---

3. 方言中的聊天之意。

4. 口语转述之中的电影《泰坦尼克》。

——那个粉子从水头出来是光的!
昨晚上后半夜的事情我实在
说不出口:打了几盘麻将过后
我回到自己屋头,一开开灯
把老子气惨了——我那个死婆娘
和隔壁王大汉在席子上蜷成了一坨!⁵

旁白:

一、在普通中文中加入大量可以辨识的方言因素,不仅触及生活的真实性,也发展了方言诗这一现代诗类型。

二、转述电影内容反映出叙述主人公的日常生活方式和精神取向。这种戴面具的叙事诗更具有戏剧性。

三、方言口语和普通中文的纠缠酝酿出双关性的幽默,情节发展和方言误读最后达成一致构成辛辣的讽刺。这其实就是胡续冬对现代诗的贡献。这种类型的诗,胡续冬还写了不少,但以这首诗的影响最大。他近几年也开始尝试其他类型,显示了他追求的转变,但这种转变如何评估则有待时日。但是也不难看出,他这种对方言的偏爱,对经典情境的解构,还是悄悄出现

---

5. 评价电影,引出历史与现实中的两个细节。

在他的一些诗中，我们不妨把这个称为胡氏烙印吧。

胡续冬

（1974— ），本名胡旭东，生于重庆合川，七岁随家人迁居湖北。1991年考入北京大学中文系，后在西语系获博士学位，现任职于北大世界文学研究所。曾在巴西和中国台湾等地客座任教，2008年入选爱荷华大学"写作计划"，参加过科尔多瓦、鹿特丹、花莲、澳门、英法、北欧等诗歌节和文学节。胡续冬的诗机敏而醇厚，是智慧与日常观察的结晶，被译成多种语言。著有诗集《水边书》《风之乳》《爱在瘟疫蔓延时》《白猫脱脱迷失》、随笔集《浮生胡言》《胡吃乱想》《去他的巴西》等。他曾获刘丽安诗歌奖、明天·额尔古纳诗歌奖、珠江诗歌十年大奖等奖项。

（桑克 注）

我曾经爱过的螃蟹

王 敖

第一次出海的时候

我仅仅有现在一半的身高

舅舅把一顶海军军帽扣在我的脑袋上[1]

然后跳到水里,跟随鱼群

去了哥伦比亚,失去了他

和他的指引,我很快就自由了

海里的火焰比绸缎还要柔软

有些亮光,来自我在压力中旋转的心跳[2]

有只螃蟹来与我攀谈,它告诉我一个事实[3]

---

1. 看似写实的描述,其实已埋伏了对比。大海的恢宏和童年的瘦弱形成对比。海军军帽,隐喻了对大自然的凶险的无畏。"扣军帽"这一写实的细节,与整首诗的幻象基调也构成了真实与梦幻的对比。诗歌的张力在于:任何看似平凡的人生经历,其背后都可能通向一种神奇的生命体验。

2. 这一段感性的抒发,是对海边戏水和弄潮经验的反转,它开启了生命体验的空间。每一次经历,其实都蕴含着一种美丽的生命机遇。"旋转的心跳"也可理解为来自大自然的启蒙教育最积极的结果。

3. "自由"的获得,其真髓在于远离说教("舅舅的指引")。小小的反讽隐藏其中。"自由"的寓意之一,来自大海对人体的解放。人和大海的相遇,开启了生命的自我启示。之二,又是身体自身的解放。自由,激发了身体的创造性想象,也让孩童和螃蟹的对话成为人和自然之间对话的缩影。诗人的信念表达也很坚决,众人觉得是幻想的东西,当开始独异的生存体验时,有可能带来极大的自我启迪的事实。

几千年来,全世界的螃蟹都在向陆地迁移,

这个过程很慢

它们并不着急,它们随着潮汐跑上跑下,

只是在前海[4]

向前迈了很少的几步,它说它爱我,

希望我们能够

分享这几个气泡,一起上岸,

在秘密的岩石码头上[5]

微笑着,我和几千只螃蟹握手,

我希望和它们一样[6]

把骨头长在皮肤的外面,在脆弱的时刻,

用太阳能补充盔甲中的钙

我们开始登山

崂山的背面铺着一层墨绿

我们用手臂和钳子,震撼着它的花岗脉

---

4. "慢""不着急",也隐含着一个批判性的对比。存在于自然的"慢",和现代文明的"快"之间的对比。"慢"和"爱"之间的关联,没准也隐喻着对爱的方式和爱的能力的一种暗示。

5. "秘密的码头",这一意象带有提示性。作为生活的场景,海边似乎并没什么秘密可言。它很容易到达,也很容易进入。但是,一旦我们激活来自自然的天启,专注于纯粹的生命体验,平常熟悉的景物便会呈现出"秘密"的那一面。

6. 我和螃蟹,从对话开始,发展出一种生命的友谊。我和螃蟹进入一种游戏状态,开始经历变形记的洗礼。据心理学研究,童年时期从动物的行为中获得的启发,是构成身体智慧的最佳途径。

当我赤裸地站在山顶，

看到月亮正被一个黑影钳住

夜晚滴着水，它们沉默着，

爬到我的身体上，让我轻轻地渗出血 ⁷

| 旁白：

一、王敖的诗，从一开始就和当代诗的文化脉络保持了相当大的距离。他的诗，想象力的展开既充沛又强悍。他的诗歌意图的呈现，多半偏于生存的幻象，但又不是一味回绝人生体验的主观幻念。王敖的表达方式，也接续了诗人家族中最显赫的一种类型。

二、这首诗中，他把童年经历从真实经验推进到幻象世界的能力，可谓精妙绝伦。童年的出海经历，变成了诗歌想象的酵母，酝酿了更深刻的基于生命感性的自我体察。

三、这首诗的语言空间，真实和神话相互递进，主观

---

7. 月亮被黑影钳住，这一意象似乎喻指死亡的力量。而且，它包含的明暗的对比关系，又因"钳住"这个动作而带有一丝原始的暴力，从而对前面欢悦的嬉戏场面构成一种颠覆。宇宙不仅有欢快、轻盈，也有挥之不去的晦暗存在。"轻轻地渗出血"，可以理解为小小的身体已见识宇宙的野蛮本相，得到了应有的历练。从此，"我"不再是弱不禁风。写到这里，一首用于见证成长经验的"教育诗"赫然显形。

感受和客观见证相互渗透，层次非常绵密，整首诗的语脉却气息酣畅，浑然一体。诗的主题涉及自由和自我体察的关系，诗人写出了生命的一种自由状态，又通过这种状态的演绎，折射出了生命的本来面目。至少，如果摆脱了所谓的"指引"，人的生命能力中潜藏的天赋，是能够听得懂"螃蟹的语言"的。从轮回和体验的角度，我们原来是有能力和成千上万只螃蟹交朋友的。回到文学诠释的逻辑，这种能力在现今的生命文化中的丧失，或被视为异常、疯癫的举动，恰恰表明了生命力的衰退。

王 敖

（1976— ），山东青岛人，1995年考入北京大学中文系，后获耶鲁大学比较文学博士学位，现为美国威斯利大学助理教授。1998年开始发表作品，著有诗集《黄风怪》《绝句与传奇诗》《王道士的孤独之心俱乐部》。像兰波一样，也像史蒂文斯一样，在本质上，诗源于一种天启的状态。在那个状态之中，诗人、语言、形式，都不过是一种能量的要素。诗呈现为一种瑰丽的即兴的自我爆破。这样的表达，不同于传统的诗歌观念——诗的完美必须来自精心的雕琢。诚如王敖自述:"我喜欢安静地写作,如果有多余的时间,我想通过直接的行动改善诗歌生态。比如,把我在美国教诗歌的课程汉化一下。"

(臧棣 注)

隐者不遇

唐不遇

我和他相逢在狭窄的山路上。

他远远踢来一只小石子,

我俯身捡起一个好名字。[1]

我们避让着,一人攀附在岩石上,

像鸟嘴掉下的枯枝。[2]

没有询问和回答,天空

晃动着灰暗的镜子。[3]

深涧弯弯曲曲,石头

---

1. 两个现代寻访者之间并没有进行言语方面的交流,而是各自选择动作,踢石子和捡名字,从而构成一种特殊的交谈。其中偏向于心理行为的捡名字让人陷入沉思之中。

2. 该处早先的版本是"像簪在胸前的白花",现在的版本发生较大的变化。表面效果看起来更加具有合理性以及真实性,并且贴近具体情境,但是其中的语义也在这种变化之中变得微妙和隐讳起来。

3. 这句是修改版的成功之处。原来的版本是"湛蓝的天空 / 似乎已经看不见了",恰好可以对此句的内涵做出明确的解释,同时这里也表现出在修改过程之中作者发生的心理变化。

使流动的时间泛起波纹。⁴

松针缝着一件破风衣。没有云⁵

架起独木桥,只有
悬崖边滴着汽油的雷声
催促我快点回去——
我承认,这首诗
是在轰隆的公共汽车上写的。⁶

> 旁白:
> 一、隐者诗是一种常见的中国古典诗歌类型,它主要表达一种与世隔绝的个人选择和一种飘然出尘的精神境界。这首诗表现出寻访者对超脱凡俗的精神境界的

---

4. 将时间是一条长河的通常比喻进行深刻改造。长河是流动的,时间也是流动的,它们关联之处在于流动,不同的是,当时间绕过长河直接出现在读者眼前的时候,产生的美学效果以及相关思考就会发生深刻的变化。然后再将之引申,那么石头使时间产生的波纹又是什么呢?层次设定非常清晰。现代诗往往就是在有限的句子之间置入尽可能多的语义。

5. 松云意象在中国古典诗歌传统之中具有特殊的指涉功能。这里的松与贾岛的松一样,既指实际的松树,更指高洁的品格;这里的云也和贾岛的云一样,既指实际的云彩,更指崇高的境界。作者的选择或者认识几乎都是负面性的和否定性的,呈现出一种鲜明的文化态度。

6. 这是本诗的诗眼所在。它表明,寻访隐者并未发生在现实之中,只是一种主观想象。"公共汽车"象征琐碎的现代生活,对古典妙境予以无情消解,对现代人渴望高蹈或者不存在的隐者生活予以有力的嘲讽和怜悯。

探求以及这种探求落空之后的失落与怅惘,以及更深的期待与仰慕。里面暗含寻访者对自身所处现实环境的不满。

二、此诗与古典隐者诗传统构成密切而直接的关系,既是精神致敬的关系——礼拜隐者精神,也是技艺挑战的关系——化用与转换古诗资源与形式,并着重凸显现代汉语与古代汉语的差异魅力,从而昭示复杂的现代性问题——如何将现代审美意识融入古老主题的书写之中——如何使自己成为隐者诗传统的一个现代延续。

三、作者笔名唐不遇和诗歌标题"隐者不遇"之间构成一种复杂的对应关系。我们知道,这首诗是首次明确地指向作者对自己笔名的命名,它既是一次对自我身份的确认,也是对一种精神方向的反思与理解。

唐不遇

(1980—),原名张元章,生于广东揭西农村,客家人。2002年毕业于中央民族大学,做过记者、编辑,现为珠海某企业员工。作品收入《中国新诗百年大典》等多种选本,著有《魔鬼的美德》等六部诗集,其中2013

年出版的《结绳纪》精选诗作近百首,包括作者最重要的作品《死亡十九首》,集中思考社会现实和终极问题,运行方式蕴藉而隐忍。唐不遇在20世纪80年代出生的诗人中是成名较早的一位,其作品的严肃性和对历史的深刻关注使其与之前的某些诗人更加亲近。他曾获柔刚诗歌奖新人奖、首届"诗建设"新锐奖。他的未来令人期待。

(臧棣 注)

雪堆上的乌鸦

茱萸

前几天是一群,今天就一只。
它停栖在一根红色杆子上,
用喙梳理着深黑的毛羽。

那根杆子斜插在雪堆中,
用途未知。我们只知道
它如今成为了鸦群的领地。

这只乌鸦今天落单了,
它的同伴不再聚集于杆子周围
湿漉漉的水泥地面。[1]

乌鸦打算飞出去,翅膀张开,
扑腾起一大片雪的飞屑。

---

1. 诗以陈述句开始,接着继续陈述,前面三节说出第五行提到的"我们"(诗人用这个复数词将自我排除出这首诗的陈述)所见的眼前景象。第五行还企图告诉读者,对于所见的眼前景象"我们只知道"它呈现出来的那个状况,其余"未知"。

它的夜行衣,雪的素白,蓝天

衬着那根杆子通身的红色。²

午后的慵懒光线并不扎眼。

除了雪堆上的这只乌鸦,

再没有别的事物提供暗示。³

2015 年 1 月 17 日,北海道札幌市

旁白:

一、这首诗力图仅仅让读者看见一只停栖在一根斜插在雪堆中的红色杆子上的乌鸦而不及其余。这种近乎刻意的消极性陈述自有其积极的诗学用心,它邀请读者更大程度地参与进这首诗的写作,提供自己对它的感受和想象。

二、德国建筑师密斯·凡德罗说:"少就是多。"美国诗人阿奇波德·麦克利许说:"诗不应隐有所指/应直接

---

2. 第四节仍属于对所见的眼前景象尽可能的直接陈述。

3. 第十四行将"光线"定性为"慵懒",算是这首诗最具主观色彩的一次措辞,然而并不能改变整首诗所保持的最基本的、不带出意义的具体陈述状态。最后一行说"再没有别的事物提供暗示",表明这甚至是一首不提供什么意义暗示的诗,虽然在这首诗的有些地方,本可以设置意义的。而此诗的意义,或即在此。

就是。"《雪堆上的乌鸦》首先是一首关于诗歌本身的诗。

茱萸

(1987—),本名朱钦运,江西赣县人,生于河北邯郸,幼时随转业的父亲回到家乡。十五岁开始写诗。2005年考入同济大学法学专业,后转入文学院深造,其间曾受邀为东京大学访问学者。2016年获博士学位,现任教于苏州大学。诗人、学者之外,兼有古籍版本行家、淘书客身份,又是李商隐爱好者、研究者,辑有《千朵集:集李义山句》。他尤其突出于古典诗学学养,其写作有效地推进了从当代体验里重估甚而翻转古典、唤起新意的诗艺路径;另一路处理日常感受,将叙述和体悟融于内心观照。著有诗集《花神引》《炉端谐律》《仪式的焦唇》、随笔集《浆果与流转之诗》、诗学文论集《盛宴及其邀约》等。

(陈东东 注)

旧版后记

在《现代诗100首》(蓝卷、红卷)的后记里我曾提到:"由于国内知名的诗人实在太多(或者说是情况比较复杂),我们只选了外国诗(本来现代诗也是舶来品),中国诗就留待下一次了。"随着蓝卷、红卷的成功问世(她们三个月以后重印了),明年(2007年)又是新诗诞辰九十周年,在三联书店的支持和鼓励之下,我们才把中国诗的编选工作提到议事日程上。今年春天的一个夜晚,在西子湖畔一道清澈的小溪旁,我和家新、曙光、桑克诸君饮酒品茗,决定共同承担起这项可能吃力不讨好的工作。值得欣慰的是,评注工作始终得到了诗人们(包括一部分已故诗人的亲友)的支持和帮助。

本书的入选原则是,先由每位评注人各自推选十五位左右的诗人和作品,结果自然有不少重复的。其中推荐人最多的是诗人多多,他独得五票;而在现代诗人中,以卞之琳最受青睐,有三位评注者竟然同时选中他的短诗《距离的组织》。如同前言所述,偶然性无疑是存在的,这或许也是本选集的特色之一,而与文学史无关;不过,从诗人的用词(例如"五四"时期的一些诗歌),可以看出汉语在过去九十年里的变迁。因被提名的诗人多达一百二十位,在两位评注人的建议之下,我们先后放弃了原先商定的每位诗人最多可入选三首（两首）的规则，改为每人一首。这样一来，就等于向读者推荐了一百位诗人。

虽然在大众心目中，现代诗人的知名度超出当代诗人（正如古典诗人的知名度超出新诗人），我们也鼓励评注者选择1949年以前出生的诗人，但最后所占的比例仍只有三分之一。这可能是因为他们的写作生涯处在新诗或现代汉诗的初期，而一个民族新语言的形成和成熟是需要一定时间的。与此同时，这本集子里入选的女诗人比例似乎比以往的选本高出些许，十七位诗人分布在各个时期（海峡两岸知名度最高的女诗人——舒婷和席慕容不幸落选）。同样值得一提的是，当代诗人中，居住在港台或海外的有二十人，其中只有五位是在港台土生土长的，这大概说明了诗人的候鸟本性。

在我荣幸邀请到的十位既享有诗名又兼具批评才华的诗人中，有20世纪50年代出生的张曙光、王家新和余刚，60年代出生的陈东东、黄灿然、杨小滨、蓝蓝、桑克和周瓒，70年代出生的胡续冬。他们中有六位参与过蓝卷、红卷的评注，其活动范围遍及海峡两岸三地，而入选诗人的籍贯和生活足迹则遍及二十九个省市。可是，仍有不少值得入选的诗人未能选入，这是让我感到遗憾和无奈的。同样，由于篇幅所限，本书没有遴选1976年以后出生的诗人，那既是历史的一个分界点，又与"而立之年"相关联。说到诗人的年龄，一方面，有八位入选诗人非自然死亡；另一方面，又有两位活到百岁：冰心和刚刚辞世的林庚。诗人的生命乃自然之谜……

编者　2006年岁杪彩云居

后　记

　　十年前，我与十位诗友合作，编选注释了《现代汉诗100首》。由诗友们推荐诗人和诗歌，我当参谋，再由他（她）们解读和注释。承蒙读者喜爱，与《现代诗100首》（蓝卷、红卷）一样脱销了。不久以前，《现代诗110首》（蓝卷、红卷）精装版出笼，每卷增加了十首诗。令人高兴的是，这两本诗集的新旧版已发行近三万套，还被有的中学列入向全校学生推荐的必读书目。现在，到了我们出版《现代汉诗110首》的时候了。

　　参与此次增订版诗歌注释的诗人里，陈东东、桑克、张曙光、杨小滨是旧版的评注人，其中桑克和东东分别评注了三首和两首诗，孟浪、森子和臧棣是旧版的入选诗人，这次他们各自推荐评注了一位诗人。这十位新诗人有一位出生于20世纪50年代，五位出生于60年代，出生于70年代和80年代的诗人各两位，最年轻的茱萸恰好是而立之年。究其原因，这可能是60年代出生的优秀诗人比较多，也可能是因为编者和注释者里这个年代出生的居多的缘故。

　　在确定十位新入选诗人的过程中，我向十位老评注人都发出了邀请，同时也给十位与我有微信相连的诗人发出邀请，他们一共推荐了大约二十五位诗人。遗憾的是，由于篇幅所限，我们没能全部收入。原本，我还曾希望有西北、西南的诗人入选。除了这十首新诗以外，我还请评注人修订了诗人简历，他们中有的还把初版的诗歌注释和旁白也做了修订，在此一并致谢！

最后，我要感谢三联书店对诗歌的一贯支持！刘蓉林女士是迄今编辑本人作品（含编、著）最多的一位编辑。如同《现代诗110首》（蓝卷、红卷）出版时有的诗友所建议的（参见其后记），时间与读者一样是最好的试金石，有些入选作品未必经得起时间的考验，也许在不久的将来（如果有机会的话），我们会考虑推陈出新。

编　者
2017年2月